KB270599

탈무드

탈무드

꿈 자람 세계 명작4
탈무드

옮긴이 **붉은여우**
펴낸이 **안용백**
펴낸곳 **(주)넥서스**

초판 1쇄 인쇄 2013년 8월 5일
초판 1쇄 발행 2013년 8월 10일

출판신고 1992년 4월 3일 제311-2002-2호
121-840 서울시 마포구 서교동 394-2
Tel (02)330-5500 Fax (02)330-5555
ISBN 978-89-6790-176-9 04800

출판사의 허락없이 내용의 일부를
인용하거나 발췌하는 것을 금합니다.

가격은 뒤표지에 있습니다.

잘못 만들어진 책은 구입처에서 바꾸어 드립니다.

www.nexusbook.com
넥서스주니어는 (주)넥서스의 어린이 브랜드입니다.

꿈자람
세계 명작 ④

김욱동 문학 박사님과 함께
깊이 있게 작품 읽기

탈무드

붉은여우 옮김

넥서스 주니어

차례

차례

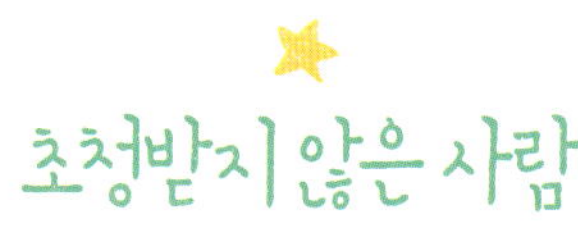

초청받지 않은 사람

한 랍비가 이렇게 말했다.

"내일 아침에 여섯 사람이 모일 것입니다. 함께 해결해야 할 문제가 있습니다."

그런데 다음 날 아침이 되자, 일곱 사람이 모여 있었다. 누군가 한 사람, 랍비가 초청하지 않은 사람이 와 있었던 것이다.

랍비는 그 사람을 가려내기 위해 다음과 같이 말했다.

"여기에 초청받지 않은 사람이 한 명 있습니다. 그분은 돌아가 주십시오."

그러자 그 중에서 가장 유명한 인물이며, 누가 생각해도 당연히 초청받았음직한 사람이 일어나서 밖으로 나가버렸다.

　그는 왜 그랬을까? 초청을 받지 않았거나 또는 어떤 착오로 인해 오게 된 사람이 굴욕감을 느끼지 않도록 하기 위해서 스스로를 낮추었던 것이다.

백지장도 맞들면 낫다

대궐에는 '오차'라고 하는 아주 맛있는 과일이 열리는 나무가 있었다. 왕은 두 사람을 보초로 세워놓고 그 과일나무를 잘 지키도록 명령을 내렸다. 두 사람 중 한 명은 장님이었고, 또 한 명은 절름발이었다.

그런데 이 두 사람이 한패가 되어 그 과일을 따먹자고 작당을 했다. 장님이 절름발이를 어깨로 받치자 절름발이가 과일을 따내어, 두 사람은 맛있는 과일을 실컷 먹었다.

그 사실을 알게 된 왕은 노발대발하면서, 두 사람을 모질게 심문했다.

장님은 앞도 볼 수 없는 자기가 어떻게 과일을 따먹을 수 있었겠냐고 변명을 했고, 절름발이는 자신의 키보다 높은 곳에 달려 있는 과일을 성치 않은 몸으로 어떻게 올라가 따먹을 수 있겠느냐고 반문했다.

왕은 반신반의하면서도, 결국 두 사람의 말에 문제가 없다는 것을 인정할 수밖에 없었다.

어떤 일을 처리할 때 두 사람이 힘을 합치면, 한 사람이 두 배로 일한 것보나 훨씬 큰 힘이 나온다.

사람은 육체나 정신 중에서, 한 가지만 가지고는 아무것도 할 수 없다. 육체와 정신의 힘을 합쳐야만, 좋은 일이든 나쁜 일이든 비로소 해낼 수가 있다.

형제간의 사랑

이스라엘에 두 형제가 살고 있었다. 형은 이미 결혼을 하여 아내도 있고 자식도 여러 명이 있었다. 그러나 동생은 아직 미혼이었다.

부지런히 농사를 짓던 두 사람은 아버지가 돌아가시자 유산을 반씩 똑같이 나누어 가졌다.

사과와 옥수수를 수확하던 날, 두 사람은 그것을 똑같이 반으로 나누어서 각자의 몫을 자기 창고에 따로따로 넣어두었다.

그날 밤, 동생은 나누어 가진 몫의 상당 부분을 형의 창고로 옮겨놓았다. 형의 집에는 식구가 많은데, 혹시 식량이 부족할까봐 염려되었기 때문이다.

그날 밤, 형도 자기 몫에서 많은 양을 떼어내어 동생의 창고로 옮겨놓았다. 자기는 아내와 자식들도 있으니 노후를 걱정할 필요가 없지만, 미혼인 동생은 혼자서 많이 힘들 거라는 생각에서였다.

날이 밝은 뒤, 각자 자기 창고에 가본 두 사람은 깜짝 놀랐다. 창고에 있는 물건들의 양이 어제와 달라진 것이 없었기 때문이다. 그 뒤로도 3일 동안 똑같은 일이 반복되자, 형제는 참으로 의아하게 생각했다.

다시 그 다음 날 밤, 형과 아우는 다시 물건을 옮기기 시작했다. 그러다가 그만 중간에서 마주치고 말았다.

형과 동생은 그제야 이유를 깨닫고, 서로를 부둥켜안고 기쁨의 눈물을 흘렸다.

두 형제가 부둥켜안고 울었던 곳은 예루살렘에서 가장 고귀한 장소로 지금까지 전해지고 있다.

낯선 동물

양을 많이 키우던 왕이 있었다. 그는 양을 방목하기 위해서 양치기까지 고용했다.

어느 날 양과는 모습이 전혀 다르게 생긴 동물 한 마리가 양떼 속으로 들어오자, 양치기는 그 사실을 즉시 왕에게 보고했다.

"이상한 동물 한 마리가 저희 양떼 속으로 들어왔는데, 어떻게 하면 좋겠습니까?"

그러자 왕이 무덤덤하게 지시를 내렸다.

"그 동물을 각별히 보살펴주어라."

양치기가 의아한 표정을 짓자, 왕이 이렇게 덧붙였다.

"내가 키우던 양이야 처음부터 내 양이었으니 별 걱정할 것이 없을 게다. 하지만 새로 들어온 그 짐승은 지금까지 전혀 다른 곳에서 살다 왔는데도 다른 양들과 같이 잘 지내고 있다니, 그 얼마나 기쁜 일이냐?”

유태인들은 태어난 순간부터 유태의 전통 속에서 성장하게 된다. 그런데 유태의 전통이 아닌 다른 환경 속에서 성장한 사람이 유태의 전통과 문화를 이해하고 받아들이는 경우에는, 유태인들로부터 원래의 유태인보다 더 큰 존경을 받는다.

사랑의 맹세

아름다운 처녀가 가족과 함께 여행을 하고 있었다. 어느 날, 그녀는 혼자서 산책하다 그만 길을 잃고 가족과 헤어지고 말았다.

길을 찾아 여기저기 헤매 다니다 보니 그녀는 몹시 목이 탔다. 그때 멀리 떨어진 곳에 있는 우물이 어렴풋하게 눈에 띄었다. 그녀는 급히 달려가서, 앞뒤 가리지 않고 두레박줄을 타고 내려가 물을 벌컥벌컥 마셨다.

물을 실컷 마신 다음 다시 올라가려고 하니까 우물이 너무 깊어 어찌 할 수가 없었다. 그녀는 엉엉 울면서 살려달라고 소리를 지르기 시작했다.

이때 마침 우물가를 지나던 젊은이가 그녀의 비명 소리를 듣고 달려와서 그녀를 구해주었다.

그녀는 생명을 구해준 젊은이와 곧 사랑을 약속하게 되었
다. 그러나 젊은이는 다시 길을 떠나지 않으면 안 되었다.

젊은이는 영원히 사랑하겠다고 맹세하면서, 다시 돌아오
는 날 결혼하자고 약속했다.

그러나 두 사람의 주변에는 약속을 증언해줄 만한 사람이
아무도 없었다.

그때, 족제비 한 마리가 나타나 두리번거리다가 숲속으로
사라졌다.

그녀는 족제비를 본 순간 이렇게 말했다.

"지금 막 지나간 족제비와 바로 우리 옆에 있는 이 우물이
증인이에요."

두 사람은 아쉬운 작별 인사를 나누고 헤어졌다.

그녀는 그가 돌아올 날을 기다리며, 한 해 한 해 세월을 보
내고 있었다. 그러나 그녀를 떠난 젊은이는 얼마 지나지 않
아 딴 여자와 결혼하였으며, 사랑의 맹세 따위는 까맣게 잊
은 채 아들까지 낳아 행복하게 살고 있었다.

어느 날, 그의 아이가 집밖에서 놀다가 그만 풀 위에서 잠
이 들었다. 그런데 그때 갑자기 족제비가 나타나 아이의 목
을 물어뜯어 죽였다. 아이가 죽자, 그와 그의 아내는 마음이
몹시 아팠다.

하지만 그 사고가 일어나고 얼마 후에 그들 사이에는 또다시 예쁜 아이가 태어났다. 그들은 다시 예전처럼 행복한 나날을 보냈다.

또다시 세월이 흘러 아이는 아장아장 걸을 수 있을 만큼 건강하게 자랐다. 그러던 어느 날, 아장아장 걷던 아이가 우물에 비치는 여러 그림자들을 신기한 듯이 들여다보다가 그만 우물에 빠져죽고 말았다.

젊은이는 아이를 둘씩이나 잃고 난 뒤에야, 자신이 옛날에 했던 사랑의 약속이 문득 떠올랐다. 자신과 그녀가 맹세한 사랑의 증인이 바로 족제비와 우물이었다는 사실도 또렷이 떠올랐다.

결국 그는 아내에게 자신의 과거를 모두 털어놓고 헤어진 다음, 사랑의 약속을 했던 처녀가 있는 곳으로 돌아왔다.

그와 결혼을 약속했던 처녀는 사랑의 맹세를 굳게 간직한 채 그를 기다리며 아직 홀로 살고 있었다.

마침내 두 사람은 결혼해서 행복하게 살았다.

거미, 모기 그리고 미치광이

다윗 왕은 거미를 끔찍이 싫어하는 사람이었다. 지저분하게 아무 데나 줄을 치는 모습을 볼 때마다 아무짝에도 쓸모없는 벌레라고 생각하곤 했다.

이런 그가, 어느 날 전쟁터에서 적군에게 포위되어 자기 한 몸조차 빠져나갈 수 없는 상황에 처했다. 다급해진 그는 결국 동굴 속에 몸만 숨기게 되었는데, 마침 그 동굴 입구에서 거미 한 마리가 거미줄을 치기 시작했다.

그를 추격하던 적군의 병사들이 뒤따라서 바로 그 동굴 앞까지 왔다. 그러나 그들은 동굴 입구에 거미줄이 쳐 있는 것을 보고, 안에 사람이 들어갔으리라고 생각지 않았기에 그냥 돌아갔다.

또 언젠가, 다윗 왕은 적장이 잠자고 있는 방에 몰래 들어가 그의 칼을 훔쳐낸 뒤, 그 다음 날 아침에 자신의 용맹을 드러내며 적장을 굴복시키겠다는 계획을 세웠다. 하지만 좀처럼 그 기회를 잡을 수가 없었다.

그러던 어느 날 밤, 그는 어렵게 적장의 침실에 잠입했다. 그런데 칼이 적장의 다리 밑에 있어서 꺼낼 수가 없었다.

할 수 없이 다윗 왕은 모든 것을 단념하고 돌아가려고 했다. 그런데 그 순간 갑자기 날아 들어온 모기가 적장의 다리에 앉자, 적장은 무의식중에 다리를 움직였다. 그 틈을 이용해 다윗 왕은 적장의 칼을 빼낼 수 있었다.

또 다른 때, 다윗 왕은 적에게 포위되어 목숨을 잃을 만큼 위태로운 절체절명의 순간을 맞았다. 이때 그는 갑자기 미치광이 흉내를 내어 그 위험한 상황을 모면했다.

적의 병사들은 그 미치광이가 설마 다윗 왕이라고는 생각하지 못했기 때문이었다.

이 세상에 전혀 쓸모없는 것이라곤 없다. 그러므로 아무리 미천하고 보잘것없어 보이는 것이라 하더라도 무시해서는 안 된다.

성공한 랍비의 눈물

고매한 성격과 탁월한 식견을 갖고 있어 많은 사람들이 우러러보던 랍비가 있었다.

그는 언행이 고결하고 친절하고 자애심이 두터웠다. 신앙심 또한 굳었으며, 주의력이 세심해서 길을 걸을 때도 개미 한 마리조차 발에 밟히지 않도록 조심했다. 그러한 그를 제자들도 진심으로 존경했다.

나이가 여든이 된 그는 어느 날 몸져누웠고, 자신의 죽음이 가까웠음을 느꼈다.

그의 임종이 다가오자 제자들이 모두 그의 주위에 둘러앉았다. 그때 랍비가 갑자기 눈물을 흘리기 시작했다.

제자들이 깜짝 놀라 그 이유를 물었다.

"선생님, 왜 갑자기 눈물을 보이십니까? 선생님은 단 하루도 공부를 게을리 한 적이 없었고, 저희를 가르치지 않은 날이 없었으며, 자비를 베풀지 않은 날이 없었습니다. 하느님을 가장 깊이 공경하는 분도 바로 선생님이십니다. 선생님은 이 나라에서 가장 존경받는 분이고, 정치와 같은 깨끗하지 않은 세계에는 단 한 번도 발을 들여놓으신 적이 없습니다. 선생님은 누구보다도 훌륭하고 성공적인 삶을 사셨는데, 이렇듯 눈물을 보이시는 까닭이 무엇입니까?"

제자들의 질문에 랍비가 이렇게 대답했다.

"그렇기 때문에 내가 우는 것이다. 마지막 순간 내 자신에게 '너는 공부를 했는가?', '너는 자비를 베풀었는가?', '너는 행실을 바르게 했는가?', '너는 하느님을 공경했는가?' 하고 묻는다면, 나는 '그렇다' 하고 대답할 수 있다. 하지만 '너는 이웃들의 보통 생활에 어울려 본 적이 있는가?' 하고 묻는다면, 나는 '아니오' 하고 대답할 수밖에 없다. 그것이 못내 후회스러워서 우는 것이다."

가정의 평화

　강연을 잘하기로 소문난 랍비가 있었다. 금요일에 열리는 그의 강연에는 많은 사람들이 찾아왔으며, 그의 설교를 듣고 감동받는 사람들이 적지 않았다.

　그의 단골 청중 중에는 여자도 한 명 있었다. 대개의 경우, 여자들은 금요일 밤이 되면 집안에서 안식일에 쓸 요리를 만드느라 바쁜 편이었다. 하지만 그녀는 랍비의 강연에 참석하는 것을 더 좋아했다.

　어느 날 랍비의 강연이 좀 늦게 끝나는 바람에 그녀의 귀가가 늦어지자, 남편이 문 앞에서 야단을 쳤다.

　"내일이 안식일인데, 음식을 만들어놓을 생각은 하지 않고 이렇게 늦게까지 어디를 갔다 오는 거요?"

　"교회에서 랍비님의 설교를 듣고 오는 길이에요."

그녀의 말에 남편은 길길이 날뛰며 화를 냈다.

"랍비는 무슨 얼어 죽을 랍비야! 집안 살림도 제대로 못하는 주제에! 가서 랍비의 얼굴에 침이나 뱉고 와. 그러기 전까지는 집에 돌아오지 마!"

그녀는 결국 집에 들어가지 못한 채, 남편과 헤어져 친구의 집에 머물게 되었다.

이 소식을 들은 랍비는 자신의 잘못으로 한 가정의 평화가 깨졌다는 것이 몹시 마음에 걸렸다.

랍비는 눈병이 났다는 핑계로 그녀를 부른 다음, 이렇게 부탁했다.

"다른 사람의 침으로 씻으면 이 병이 낫는다고 하니, 내 눈에 부인의 침을 뱉어주시오."

랍비의 부탁이 어찌나 간절한지, 그녀는 그의 눈에 침을 뱉지 않을 수 없었다.

그녀가 돌아가고 나서, 이것을 보고 있던 랍비의 제자들이 그녀의 무례한 행동에 대해 성토하자, 랍비가 그들을 말렸다.

"한 가정의 평화를 지키기 위해서라면 그보다 더 힘든 일을 해야 하는 경우도 있다네."

친아들

어느 부부가 아이 둘을 두고 있었다. 모두 아들이었다. 그런데 그 중 하나는 다른 남자에게서 태어난 아이였다. 그러나 남편은 그 사실을 까마득히 모르고 있었다. 어느 날 남편은 아내가 다른 사람에게 그 사실을 얘기하는 것을 우연히 들었지만, 누가 친아들인지는 알 수 없었다.

어느덧 세월이 흘러, 그는 병석에 눕게 되었다. 다시는 일어날 수 없는 상황이 되자, 죽음을 예감한 그는 친아들에게 자기 재산을 물려주겠다는 유언장을 써놓았다.

그가 죽자, 랍비가 그의 유언장에 따라 누가 그의 친아들인지를 가려내야만 했다. 랍비는 두 아들을 죽은 아버지 무덤 앞에 불러놓고 큰 막대기를 주며, 그 막대기로 무덤을 파헤쳐보라고 말했다. 그러자 한 아들이 아버지 묘를 훼손하는 불경한 짓은 할 수 없다고 극구 버텼다.

그러자 랍비가 그를 보고 말했다.

"네가 진짜 저 사람의 친아들이구나."

닮지 않은 부자

한 젊은 랍비가 아버지의 뒤를 이어 랍비가 되었다. 그런데 누구든 그를 만나는 사람이면, 이구동성으로 그가 자기 아버지와는 전혀 닮은 점이 없다고 입을 모았다.

"그게 대체 무슨 소리입니까?"

사람들의 말을 들은 젊은 랍비는 힘을 주어 말했다.

"그 정반대입니다. 저는 아버지를 그대로 닮았습니다. 제 아버지는 아무도 모방하지 않는 분이셨고, 저 또한 아무도 모방하지 않으니까요."

네 명의 아이

백성의 소리는 곧 하느님의 소리이기도 하다.

하느님이 말하였다.

"내게 네 명의 아이가 있듯이, 너희도 네 명의 아이를 가지고 있다. 너희의 네 아이는 과부, 고아, 이방인, 수도승이다. 내가 너희의 아이들을 보살펴주고 있듯이, 너희도 나의 아이들을 보살펴주어야 한다."

사람의 손

사람은 이 세상에 태어날 때 두 손을 꼭 쥐고 있다. 그러나 죽을 때는 이와 반대로 두 손을 펴고 죽는다. 왜 그럴까?

태어날 때는 이 세상 모든 것을 움켜잡으려고 하기 때문이고, 죽을 때는 뒤에 남아 있는 사람들에게 가지고 있던 모든 것을 내주어 빈손이기 때문이다.

장님과 등불

어떤 사람이 캄캄한 밤에 거리를 지나고 있었다. 그때 맞은 편에서 장님이 등불을 들고 걸어오는 것이 보였다.

이 사람은 그 이유를 알 수가 없어, 장님에게 넌지시 물어 보았다.

"앞도 보지 못하면서, 불은 왜 들고 다닙니까?"

그러자 장님이 이렇게 대답했다.

"내가 불을 들고 걸어가면, 눈 뜬 사람들이 나를 알아보고 피할 수 있을 테니까요."

복수와 증오

　어떤 남자가 친구에게 낫을 빌려달라고 부탁하자, 그 친구는 한 마디로 싫다고 거절했다. 며칠이 지난 다음, 이번에는 반대로 앞서 거절했던 친구가 찾아와 그 남자에게 부탁했다.

　"말 좀 빌려주게."

　남자는 이렇게 대답했다.

　"네가 낫을 빌려주지 않았으니, 나도 말을 빌려줄 수 없어."

　이것은 복수이다.

　낫을 빌려주지 않았던 친구가 말을 빌려달라고 찾아왔을 때, 이렇게 대답할 수도 있다.

　"너는 내게 낫을 빌려주지 않았어. 하지만 나는 네게 말을 빌려주겠네."

　이것은 증오이다.

아담의 빵과 옷

　이 세상 최초의 인간인 아담은 빵 한 쪽을 얻기 위해 얼마나 노력했을까?

　먼저 밭을 간 다음, 씨를 뿌렸을 것이다. 그리고 밭을 가꾸고, 한참이 지난 후에 수확했을 것이다. 다시 수확한 것을 갈아 가루로 만든 다음, 그것을 반죽하여 구워먹었을 것이다.

　그러나 지금은 돈만 있으면 어디에서나 이미 구워진 빵을 쉽게 살 수 있다. 옛날에는 혼자서 했던 모든 일을 요즘에는 여러 사람이 나누어 하고 있기 때문이다.

　따라서 우리는 빵을 먹을 때마다 수많은 사람들의 노고에 감사하는 마음을 가져야 한다.

　이 세상 최초의 인간인 아담은 옷 하나를 만들기 위해서도 많은 노력을 했을 것이다. 양을 사로잡아 키우다가, 양의 털이 길어지면 그 털을 깎고, 그 털로 실을 만들어 천을 짜고, 그것으로 다시 옷을 만들어 입기까지 많은 노력이 들어갔을 것이다.

그러나 지금은 돈만 있으면 옷가게에서 마음에 드는 옷을 사 입을 수가 있다. 옛날에는 혼자서 했던 모든 일을 요즘에는 여러 사람이 나누어 하고 있기 때문이다.

따라서 우리는 옷을 입을 때마다 수많은 사람들의 노고에 감사하는 마음을 가져야 한다.

마지막 날에 창조된 인간

성서에 의하면, 이 세상의 만물은 6일간에 걸쳐 창조되었다. 인간은 그 중 맨 마지막 날인 제6일에 만들어졌다.

인간이 맨 마지막 날에 창조된 이유를, 탈무드는 이렇게 설명하고 있다.

파리조차도 인간보다 먼저 만들어졌다는 것은 인간이 결코 오만해지거나 교만해져서는 안 된다는 뜻이다.

따라서 인간은 자연에 대해 겸허한 자세를 가져야 한다는 것이다.

강자와 약자

세상에는 약자이면서도 강자에게 공포감을 불러일으키게 하는 것 네 가지가 있다. 바로 다음과 같은 것들이다.

첫째, 모기이다. 모기는 사자에게는 그야말로 공포의 대상이다.

둘째, 거머리이다. 거머리는 등치가 산더미만한 코끼리가 봐도 징그러운 놈이다.

셋째, 파리이다. 아무리 사납다는 전갈도 파리에게는 꼼짝하지 못한다.

넷째, 거미이다. 하늘의 날쌘돌이 매도 거미줄에는 공포감을 느낀다.

어떤 강자에게든 항상 천적은 존재하기 마련이다. 아무리 힘없고 보잘것없는 미물이라도, 조건만 충분히 갖춰지면 강자를 이길 수 있다.

선(善)과 악(惡)의 동행

　옛날 대홍수가 이 세상을 휩쓸자, 온갖 동물들이 노아의 방주로 몰려들어 구원을 요청했다.

　이때 선(善)도 급히 달려왔으나, 노아는 짝이 없는 것은 배에 태워줄 수 없다고 하면서 매정하게 승선을 거절했다.

　선은 할 수 없이 다시 숲으로 돌아가, 자기 짝인 악(惡)을 찾아서 데리고 돌아왔다.

　이때부터 선이 있는 곳에는 언제나 악이 함께 있게 되었다.

아담의 갈비뼈를 훔친 도둑

어느 날 로마 황제가 랍비의 집을 방문하여 이런 질문을 했다.

"하느님은 결국 도둑 아닙니까? 아담이 잠자고 있는 사이에 허락도 없이 갈비뼈를 훔쳐가지 않았습니까?"

황제의 어이없는 질문에 옆에 있던 랍비의 딸이 나섰다.

"제게 좀 난처한 일이 있어서 그러는데, 저에게 황제 폐하의 부하를 한 명 빌려주실 수 있겠습니까?"

그녀의 말에 황제가 그 이유를 물었다.

"어려운 부탁은 아니지만, 도대체 그 난처한 일이란 게 무엇인가?"

그녀가 아뢰었다.

"어젯밤에 도둑이 들어 저희 집 금고를 훔쳐갔습니다. 그런데 그 도둑이 금고가 있던 자리에 황금 항아리를 두고 갔습니다. 그래서 그 자초지종을 조사해 보고 싶습니다.”

그러자 황제가 말했다.

“그래? 그것 참 부럽군. 그런 도둑이라면 나한테 찾아와도 좋을 텐데 말이야!”

황제의 말에 랍비의 딸이 이렇게 대답했다.

“그러실 겁니다. 하지만, 결국 아담의 갈비뼈 한 대를 훔친 것이나 도둑이 금고를 훔쳐간 것이나 마찬가지 아니겠습니까? 하느님은 갈비뼈 하나를 몰래 가져가는 대신에 이 세상에 여자를 남기신 것입니다.”

자기암시

로마 군대의 어떤 장교가 랍비를 보더니, 자신이 그날 밤 무슨 꿈을 꾸게 될지 알려달라고 했다. 그러자 랍비가 이렇게 대답했다.

"로마의 가장 큰 적인 페르시아 군이 로마를 대파하고 지배한 후, 로마 사람들을 노예로 삼아 궂은 일만 시키는 꿈을 꾸게 될 겁니다."

다음 날, 그가 다시 랍비를 찾아와 물었다.

"아니, 내가 어떤 꿈을 꾸리란 것을 어떻게 알았습니까?"

그러나 랍비는 아무런 대꾸도 하지 않은 채 침묵만 지켰다.

꿈이란 것은 자기암시에서 비롯된다. 하지만 랍비는 그

장교가 자기암시에 걸려 그런 꿈을 꾸게 되었다는 것을 얘기해 줄 수가 없었다.

마법의 사과

　어떤 임금님에게 외동딸이 있었는데, 어느 날 그 딸은 중병에 걸려 몸져누웠다. 의사는 세상에 둘도 없는 신통한 약을 먹이지 않는 한 살아날 가망이 없다고 하였다.

　고심하던 임금님은 자기 딸의 병을 고쳐주는 사람을 사위로 삼는 것은 물론, 다음번 임금의 자리까지도 물려주겠다고 포고문을 붙였다.

　당시 아주 외딴 시골에 삼형제가 살고 있었는데, 그 가운데 맏이가 망원경으로 그 포고문을 보게 되었다. 그래서 사정을 알게 된 삼형제는 함께 힘을 합쳐 임금님 외동딸의 병을 고쳐보자고 의논하였다.

　삼형제 중 둘째는 어디든 금방 날아갈 수 있는 마법의 융단을 갖고 있었고, 셋째는 먹기만 하면 어떠한 병도 낫게 하는 마법의 사과를 갖고 있었기 때문이었다.

그래서 삼형제는 서둘러 마법의 융단을 타고 왕궁으로 가서 공주에게 마법의 사과를 먹게 했다. 그러자 정말 신통하게도 공주의 병이 씻은 듯 낫게 되었다. 임금님은 크게 기뻐하며, 이미 약속했던 것처럼 삼형제 중 한 명을 사위로 맞아들여 왕위를 물려주겠다고 했다.

이 문제를 두고 삼형제끼리 서로 의논하는 자리에서 첫째가 말했다.

"내가 망원경으로 포고문을 보지 못했다면, 공주가 아픈 것도 몰라 우리들은 이곳에 오지 못했을 거야."

이번에는 둘째가 말했다.

"누가 뭐래도 마법의 융단이 없었다면, 이렇게 먼 곳까지 올 수 없었을 거라구."

두 사람의 말을 듣고 있던 셋째가 말했다.

"그렇지만 마법의 사과가 없었다면, 공주의 병을 치료할 수 없었을 것 아냐?"

만약 그대가 임금님이라면 삼형제 가운데 누구를 사윗감으로 정하겠는가?

답은 사과를 갖고 있었던 셋째이다.

　왜냐하면 망원경을 갖고 있던 첫째는 여전히 그 망원경을 갖고 있고, 융단을 갖고 있던 둘째도 왕궁까지 타고 온 융단을 여전히 갖고 있다. 하지만 사과를 갖고 있던 셋째는 사과를 임금님의 외동딸에게 주어버렸으므로 아무것도 갖고 있지 않다. 그녀를 위해 셋째는 자신이 갖고 있던 모든 것을 주었던 것이다.

　이와 같이 《탈무드》에서는 '무엇인가를 해줄 때는 갖고 있는 모든 것을 바치는 게 가장 중요하다'고 가르친다.

악마의 선물

태초에 인간이 포도나무를 심고 있을 때, 악마가 찾아와서 물었다.

"무엇을 하고 있느냐?"

인간이 대답했다.

"지금 기가 막히게 좋은 열매가 달리는 식물을 심고 있는 중일세."

악마가 믿지 못하겠다는 듯 고개를 갸우뚱했다.

그러자 인간이 악마에게 다음과 같이 설명해 주었다.

"이 식물이 자라면 아주 달콤하고 맛있는 열매가 주렁주렁 열리게 된다네. 그 열매의 즙을 짜서 마시면 누구나 행복해 진다구."

악마는 인간에게 자기도 함께 식물을 키우게 해달라고 애

원하고는, 양과 사자와 원숭이와 돼지를 차례로 끌고 왔다. 그리고는 그 짐승들을 죽인 다음 그 피로 차례차례 거름을 주었다.

포도주는 이렇게 해서 세상에 처음 생겨났다.

그래서 술을 처음 마시기 시작할 때는 양처럼 온순하지만, 조금 더 마시면 사자처럼 사나워지고, 그보다 더 마시면 원숭이처럼 춤추고 노래 부르게 된다. 그 상태에서 더욱 많이 마시게 되면 토하고 뒹굴고 하면서 돼지처럼 추해지는데, 이는 악마가 인간들에게 준 선물이기 때문이다.

자루

쇠붙이란 것이 처음 만들어졌을 때, 세상에 있는 모든 나무들이 두려움에 떨고 있었다.

그러자 하느님께서 나무들을 보며 이렇게 안심시켰다.

"결코 걱정할 것이 없느니라. 쇠는 너희들이 자루를 제공하지 않는 한 너희들을 해칠 수 없다."

하느님

어떤 로마인이 랍비를 찾아와서 이렇게 말했다.

"당신들은 하느님 이야기만 하고 있는데, 도대체 그 하느님이 어디에 있는지 가르쳐 주시오. 내가 납득할 수 있게끔 가르쳐 주면 나도 그 하느님을 믿도록 하겠소."

몹시 심술궂은 질문이었지만, 랍비는 이를 못 들은 척할 수가 없었다. 랍비는 그 로마인을 밖으로 데리고 나가 태양을 가리키며 말했다.

"저 태양을 똑바로 쳐다보시오."

그러자 로마인은 태양을 잠깐 쳐다보고는 소리쳤다.

"엉터리 같은 소리는 집어치우시오! 어떻게 태양을 똑바로 쳐다볼 수 있단 말이오."

그러자 랍비가 다음과 같이 말했다.

"하느님께서 창조하신 많은 것들 가운데 하나인 태양조차
바로 볼 수 없다면, 어떻게 위대하신 하느님을 눈으로 볼 수
있겠소?"

더 붉은 피

한 사람이 심한 병에 걸렸는데, 어떤 새로운 약을 구해 먹지 않으면 치료할 수 없는 지경에 이르렀다. 그런데 그 약은 좀처럼 구하기가 어려운 약이었다. 생산량이 적은 데 비해 수요가 너무 많았기 때문이었다.

사정이 다급해지자, 환자의 가족이 랍비를 찾아가 그 약을 구해 달라고 간청했다.

랍비는 곧 의사인 자신의 친구에게 연락하여 환자를 살려 줄 수 없느냐고 진심으로 부탁했다.

그러자 랍비의 부탁을 받은 의사가 이렇게 말했다.

"만약 자네 부탁대로 그 약을 구해 준다면, 그 약을 구하지 못하는 누군가가 생길 것이네. 그러면 그로 인해 그 사람이 죽을지도 모르네. 그런데도 자네는 약을 꼭 구해서, 자네가 아는 환자 가족에게 주어야겠는가?"

랍비는 이 말을 듣고, 잠깐 생각을 정리할 필요가 있어 대답을 미루고 《탈무드》를 찾아보았다.

"만약 어떤 사람이 죽음으로써 내 목숨이 살아날 수 있는 경우가 있다면 어떻게 하겠는가? 그 사람을 죽이지 않으면 내가 죽게 될 경우에는 어떻게 하겠는가?

자신의 생명을 구하기 위해 남을 죽여서는 안 된다. 어떻게 자기의 피가 다른 사람의 피보다 더 붉다고 할 수 있는가? 어느 누구의 피도 다른 사람의 피보다 더 붉을 수는 없는 것이다."

이 말을 음미해 보면, 그 누구라도 그 새로운 약을 구하지 못해 죽어갈지도 모를 사람의 피보다 더 붉다고 말할 수 없는 것이다.

그래서 랍비는 환자의 가족에게 이런 사정을 어떻게 설명해야 할지 난감했다. 자신이 맡고 있는 교구에 속한 사람의 목숨이 위태로운 지경인데도, 《탈무드》의 가르침에 따라 그 환자의 죽음을 바라보고만 있어야 하는 상황이 답답했다.

하지만 랍비는 끝내 약을 구하지 않기로 결심했고, 결국 그 환자는 죽고 말았다.

현자를 찾아가는 사람들의 유형

현자를 찾아가는 사람들은 세 가지 유형으로 나눌 수 있다.

1. 스펀지 유형 : 무엇이든 좋다면서 무조건 흡수하려고 하는 유형.

2. 터널식 유형 : 한쪽 귀로 듣고, 다른 한쪽 귀로 흘려버리는 유형.

3. 의문이 많은 유형 : 중요한 것과 중요하지 않은 것을 꼭 걸러내려고 하는 유형.

처신

◆ 선행을 외면하고 마음의 문을 닫으면, 머지않아 의사에게 문을 열어줘야 한다.

◆ 다른 사람 앞에서 부끄러워할 줄 아는 것과 자기 자신 앞에서 부끄러워할 줄 아는 것은 전혀 다른 것이다.

◆ 명성은 좇아가면 잡을 수 없지만, 피하려고 하면 저절로 따라온다.

◆ 올바르지 못한 사람은 자신의 욕망에 지배당하지만, 올바른 사람은 자신의 욕망을 지배할 수 있다.

◆ 다른 사람이 자기를 칭찬하도록 만들 수 있다면 좋은 일이다. 그러나 자기가 자기를 칭찬하는 것은 옳은 일이 아니다.

◆ 나무는 그 열매를 보면 알 수 있듯이, 사람은 그가 이룩한 업적을 보면 알 수 있다.

◆ 항아리는 동전이 몇 개 되지 않으면 시끄럽게 소리가 나지만, 가득 차면 오히려 조용하다.

◆ 항아리의 모양만 보지 말고 그 안에 무엇이 담겨 있는지를 살펴보라.

◆ 오이는 싹이 갓 돋은 상태만으로는 그 맛을 예측할 수 없다.

◆ '혀'에게는 '저는 잘 모르겠습니다'라는 말을 부지런히 가르쳐야 한다.

◆ 도둑도 도둑질을 하지 않을 때는 자신을 도둑이라고 생각하지 않는다.

◆ 의사가 무료로 처방전을 써준다면 그것을 믿지 마라.

◆ 다른 사람의 도움을 받아 잘 사는 것보다는, 차라리 가난하게 사는 것이 더 낫다.

◆ 맛있는 요리를 한 번 실컷 먹고 그 다음 날부터 굶느니보다는, 평생 양파만 먹고 사는 게 더 낫다.

◆ 이 세상에는 너무 지나치면 안 될 여덟 가지가 있다. 여자 · 돈 · 술 · 잠 · 일 · 약 · 향수 · 여행이 그것이다.

◆ 장미는 가시와 가시 사이로 꽃을 피운다.

◆ 아랫사람의 말을 귀담아 듣는 사람과, 젊은이의 말에 귀를 기울이는 노인이 함께 있는 세상은 복된 세상이다.

◆ 좋은 음악, 조용한 풍경 그리고 그윽한 향기는 사람의 마음을 포근하게 해준다.

◆ 좋은 가정, 좋은 아내, 좋은 옷은 사람들에게 자신감을 안겨주는 세 가지 요소이다.

◆ 사람을 빨리 늙게 하는 요인에는 공포 · 분노 · 자녀 그리고 악처라는 네 가지가 있다.

◆ 아무리 부자라도 남을 위해 베풀 줄 모르는 사람은 소금을 치지 않은 진수성찬과 같다.

◆ 불이 켜진 양초 하나로 수많은 양초에 불을 붙여도, 원래의 불빛이 약해지는 것은 아니다.

◆ 스승보다 더 배우면 인생이 더욱 풍요롭게 되고, 사색을 많이 하면 그만큼 지혜도 많이 쌓인다.

◆ 사람들을 만나 유익한 얘기를 들으면 좋은 길이 열리고, 자선을 많이 베풀면 그만큼 널리 평화가 깃든다.

◆ 좋은 항아리를 얻으면 바로 그날부터 사용하라. 내일이면 깨져 못쓰게 될지도 모른다.

◆ 이 세상에는 너무 과하게 사용해서는 안 되는 세 가지가 있다. 빵에 넣는 이스트와 소금과 망설임이다.

◆ 전당포는 과부와 어린 아이들의 물건을 맡아서는 안 된다.

◆ 행동은 말보다도 오히려 목소리가 크다.

작별 인사

긴 여정에 지치기도 했지만, 배고픔과 갈증에 시달리던 사람이 있었다.

그는 풀 한 포기 없는 뜨거운 사막을 걷다가 겨우 오아시스에 닿았다.

그는 나무 아래의 시원한 그늘에서 쉬면서 과일로 굶주린 배를 채우고, 시원한 물로 갈증을 풀었다. 그러고 나니 저절로 안도의 한숨이 나왔다.

하지만 그는 그 자리에 마냥 주저앉아 있을 수가 없었다. 그는 다시 갈 길을 재촉하며, 그늘을 만들어준 나무에게 감사의 작별 인사를 했다.

"나무야, 정말 고맙다. 뭐라고 이 고마운 마음을 표현해야 할지 모르겠다. 네 열매가 더욱 알차게 되기를 빌고 싶지만, 이미 네 열매는 이 세상 어떤 열매보다도 알차고 맛있으니 그럴 필요가 없는 것 같구나. 너의 이 시원한 그늘이 더욱 커지도록 빌고 싶지만, 이미 편안히 쉴 수 있을 만큼 넉넉하니 그 또한 필요가 없을 것 같구나. 네가 더욱 잘 자라도록 물이 더 풍부하기를 빌고 싶지만, 물도 이미 충분한 것 같구나. 내가 너를 위해 할 수 있는 것이 있다면, 그것은 네가 더 많은 열매를 맺어, 그 열매가 더 많은 나무를 뿌리내리고, 또 너처럼 아름다운 나무로 성장하기를 비는 것뿐이겠구나.”

만일 당신이 누군가와 작별을 할 때, 그 사람이 현명해지기를 빌어주기에는 그가 이미 충분히 현명하며, 부자가 되기를 빌어주기에는 그가 이미 충분히 부유하며, 사람들에게 환영받는 선량한 사람이 되기를 빌어주기에는 그가 이미 누구보다도 선량한 사람일 때, 당신은 무엇이라고 작별인사를 하겠는가?

“당신의 자녀도 부모와 같이 훌륭한 사람이 되기를 빌겠습니다.”

이렇게 축복하는 것이 가장 좋은 작별 인사가 된다.

마을의 파수꾼

　지역 사정을 파악하기 위한 임무를 띠고, 시찰관 두 명이 북쪽 지방의 어느 마을에 파견되었다.

　마을에 도착한 그들은 사람들에게 마을의 파수꾼을 만나 지역 상황을 듣고 싶다고 말했다.

　그러자 그 마을의 치안을 담당하고 있는 사람이 나섰다.

　"아! 그런 문제 때문에 오셨다면, 제가 설명을 드리도록 하겠습니다."

　두 시찰관은 머리를 가로저으며 말했다.

　"아닙니다. 저희는 이 마을을 지키는 파수꾼을 만나 뵙고 싶습니다."

　그러자 이번에는 마을의 지역 부대장이 나왔다.

　시찰관들은 다시 머리를 가로저으며 이렇게 말했다.

“저희는 치안이나 부대를 지휘하는 책임자를 만나러 온 것이 아니라, 이 지역에 있는 학교의 교사를 만나러 온 것입니다. 진정으로 마을을 지키는 사람들은 사실 선생님들이기 때문입니다.”

두 시간의 가치

어떤 왕이 아주 커다랗고 훌륭한 포도 농장을 갖고 있었다. 많은 사람들은 그곳에서 일하여 얻은 수입으로 생활했다.

그곳에서 일하는 사람 중 한 젊은이는 누가 보아도 손재주가 매우 뛰어났다.

어느 날, 왕이 포도 농장을 방문했다. 왕은 이 뛰어난 능력의 재주꾼을 단박에 알아봤다.

왕은 그 젊은이와 함께 농장 안을 거닐며 대화를 나누었다. 그 바람에, 그 젊은이는 두 시간밖에 일을 하지 못했다.

농장에서 일하는 사람들은 품삯을 일당으로 받고 있었다. 하루 일이 끝나자, 사람들이 품삯을 받기 위해 차례로 길게 줄을 섰다.

그날도 똑같은 품삯이 모든 사람에게 지불되었다. 두 시간밖에 일을 하지 않은 젊은이에게도 똑같은 돈이 지불되자, 다른 사람들이 불평을 늘어놓기 시작했다.

"누구는 두 시간만 일해도 하루치를 받는군. 나라님과 같이 있었다고 특혜를 받는 건가? 이건 정말 불공평한 처사야!"

사람들이 웅성기리자, 이 소리를 들은 왕이 이렇게 말했다.

"다른 사람들이 하루 종일 해야 할 일을 두 시간도 되지 않아 끝내는 사람에게는 이보다 더 후한 상을 내려도 아깝지 않도다!"

다른 사람들이 100년 동안 해도 못 다할 일을 26세에 죽은 랍비가 해놓은 경우도 있다.

사람이 얼마동안 살았느냐 하는 것보다 더 중요한 것은 얼마나 많은 업적을 남겼느냐 하는 점이다.

되찾은 돈주머니

　어떤 장사꾼이 큰 도시로 물건을 사러 갔다. 그런데 며칠만 있으면 물건을 아주 싼값에 살 수 있다는 소식을 듣고 그때까지 기다리기로 작정했다. 그리곤 몸에 지니고 있던 돈 전부를 사람들의 눈에 잘 띄지 않는 곳에 파묻어두었다.

　그러나 다음 날 다시 그곳에 가보니 돈이 감쪽같이 사라지고 없었다. 아무리 생각해봐도 몰래 숨겨놓은 돈이 없어진 이유를 알 수가 없었다.

　주변을 살펴보니, 그리 멀지 않은 곳에 집이 한 채 보였다. 그가 그 집에 가까이 다가가서 살펴보니, 그 집의 벽에 작은 구멍이 하나 뚫려 있었다. 그 집에 살고 있는 사람이 구멍으로 그의 행동을 유심히 살펴보고 있다가, 그가 떠난 다음에 훔쳐간 것이 틀림없는 것 같았다.

그는 그 집의 주인을 만나 은근히 떠보았다.

"저는 지방에서 물건을 사러 온 사람입니다. 주인께서는 이 큰 도시에 살고 있으니 저보다 세상 물정을 더 잘 아실 거라 생각되어 상의 드리려고 왔습니다. 저는 은화 500개가 든 돈주머니와 800개가 든 돈주머니를 가지고 있었는데, 그 중 작은 돈주머니를 지만 아는 곳에 묻어놓았습니다. 나머지 큰 돈주머니를 어떻게 해야 할지 몰라 걱정입니다. 이것도 몰래 묻어두는 것이 좋을지, 아니면 누군가 믿을 만한 사람에게 맡겨두는 것이 좋을지를 모르겠습니다."

집주인이 대답했다.

"나는 사람은 누구도 믿을 수 없다고 생각합니다. 내가 당신이라면 작은 돈주머니를 숨겨둔 곳에 큰 돈주머니도 숨겨 두겠습니다."

장사꾼이 돌아가자, 욕심 많은 그 집 주인은 훔쳐갔던 돈주머니를 다시 제자리에 갖다 묻어놓았다.

장사꾼은 숨어서 그의 행동을 지켜보고 있다가, 그가 돌아가자 돈주머니를 파내어 이내 길을 떠났다.

세 친구

옛날에 어떤 왕이 한 남자에게 사신을 보내, 곧 자기에게 오라고 명했다.

그 남자는 왕에게서 사신이 오자, 자기가 뭔가 잘못을 저질러서 그것을 조사하려는 게 아닌가 하고 겁이 났다. 하지만 그 까닭을 알 수가 없었다.

이 남자에게는 세 사람의 친구가 있었다.

첫 번째 친구는 서로가 최고라고 여길 만큼 아주 소중하게 생각하는 관계였다. 두 번째 친구 역시 서로가 아끼는 관계였지만 첫 번째 친구만큼 소중하게 여기지는 않았다. 세 번째 친구는 가깝다고 여기기는 했으나 두 친구만큼 관심을 갖지는 못했다.

근심을 하던 그는 혼자서 왕 앞에 갈 용기가 나지 않아, 세 친구에게 함께 가달라고 부탁했다.

가장 먼저, 첫 번째로 소중하게 생각하던 친구에게 가서 '함께 가달라'고 부탁했다. 그러자 친구는 이유도 묻지 않고 '나는 안 된다'고 잘라 말했다.

할 수 없이 두 번째 친구에게 가서 부탁했는데, 그 친구는 이렇게 말했다.

"성문까지는 같이 가주겠지만, 그 이상은 갈 수가 없어."

하지만 세 번째 친구는, 그의 얘기를 듣자마자 이렇게 대답했다.

"물론 가주지. 자네는 잘못한 것이 아무것도 없지 않은가. 두려워할 것 없네. 내가 함께 가서 왕에게 그렇게 말해 주겠네."

여기에서 첫 번째 친구는 '재산'을 뜻한다. 아무리 사랑하더라도 죽을 때는 남겨두고 갈 수밖에 없는 것이 재산이다.

두 번째 친구는 '가족'을 뜻한다. 화장터까지는 따라가 주지만, 더 이상을 같이 가지 못하는 것이 가족이다.

세 번째 친구는 '선행'을 뜻한다. 보통 때는 눈에 잘 띄지 않지만, 죽은 후까지도 함께 가는 것이 바로 선행이다.

뱀의 머리와 꼬리

뱀 한 마리가 있었다.

그 뱀의 꼬리는 늘 머리가 가는 대로만 따라가야 했다. 어느 날, 뱀의 꼬리는 그런 자신의 처지에 불만을 품고 머리에게 불평을 터뜨렸다.

"내가 항상 네 뒤만 쫓아다녀야 하는 이유가 도대체 뭐니? 네가 무슨 자격으로 나를 이리저리 네 마음대로 끌고 다니는 거야? 이러면 안 돼! 공평하지 못하잖아. 나도 어엿한 뱀의 일부분인데, 늘 너의 노예로 지낼 수는 없어. 정말 이렇게 살 수는 없단 말이야!"

꼬리의 불평에 머리가 아무렇지 않다는 듯이 대꾸했다.

"너도 참 딱하다! 너는 앞을 볼 수 있는 눈이 없잖니? 그렇다고 위험한 상황을 알아차릴 수 있는 귀가 있니? 그렇다고 어떤 판단을 내릴 수 있는 뇌가 있니? 나는 나 자신만을 위해 너를 끌고 다니는 것이 아니란 말이야. 다 너를 위해서 그러는 거라고."

꼬리가 머리의 대답에 코웃음을 쳤다.

"독재자들이 백성을 위해 일한다는 핑계로 제 마음대로 하는 것과 마찬가지로, 너도 그런 말을 하는 것을 보면 영락없는 독재자구나! 그런 얄팍한 구실로 나를 설득하려고 들지 마!"

꼬리의 비난에, 머리는 할 수 없이 자신의 자리를 내놓기로 마음먹었다.

"그래, 좋아. 그러면 네가 내 대신 그 일을 맡아서 해봐. 그러면 되지 않겠니?"

머리의 말에 꼬리는 아주 신이 났다. 그리하여 꼬리가 머리를 대신해서 앞으로 나섰다.

그러나 얼마 가지 못해 진흙구덩이에 빠지고 말았다. 결국 머리가 갖은 애를 다 써서야 간신히 빠져나왔다.

다시 얼마가 지났다. 꼬리는 여기저기를 헤집고 돌아다녔다. 그러다가 실수를 하는 바람에 그만 가시덤불 속에 다시 빠지고 말았다.

하지만 꼬리가 가시덤불을 빠져나가려고 아무리 애를 써

도, 뱀은 가시에 자꾸 찔리기만 하고 빠져나갈 수가 없었다. 꼬리는 다시 한 번 머리의 도움을 받아, 온몸에 상처투성이가 된 채 간신히 빠져나왔다.

그래도 꼬리는 포기하지 않고 앞장을 섰다. 그러다가 불길 속에 빠지고 말았다. 몸이 뜨거워지기 시작하더니, 이내 앞이 캄캄해졌다.

뱀은 이러다가는 불에 타서 죽을까 봐 덜컥 겁이 났다. 머리는 이 다급한 상황에서 어떻게든 위기를 모면해 보려고, 필사적인 노력을 기울였다. 하지만 역부족이었다. 이미 때가 늦은 뒤였다.

결국 맹목적인 꼬리의 주장 때문에 뱀의 온몸에 불이 붙어, 머리도 꼬리도 모두 타 죽고 말았다.

못생긴 그릇

얼굴 생김은 보잘것없으면서도 박식하기로 소문난 랍비가 있었다.

어느 날, 그 랍비는 로마 황제의 딸인 왕녀와 만나게 되었다. 왕녀는 랍비의 못생긴 얼굴을 보고는 눈살을 찌푸리며 이렇게 말했다.

"정말 못났군요. 당신처럼 못생긴 사람이 그렇게 뛰어난 현자라니 믿을 수가 없어요."

현자는 그 소리를 듣고 빙긋이 웃으며 이렇게 물었다.

"이 궁전에 좋은 술이 있습니까?"

"물론이지요. 좋은 술이 많이 있지요."

"그 술은 어떤 그릇에 담겨 있습니까?"

"그야 질그릇으로 된 술항아리에 담겨 있지요."

왕녀의 대답을 들은 현자는 안타깝다는 듯이 말했다.

"왕실이면 금이나 은그릇이 많을 텐데, 그렇게 좋은 술을 하찮은 질그릇 항아리에 담아 놓았다니 이해가 안 되는군요."

이 말에 왕녀는 당장 시녀를 불렀다.

"여봐라! 궁궐 안에 있는 모든 술을 금이나 은으로 만든 그릇에 지금 당장 옮겨 담도록 하라!"

그 얼마 후, 하루는 황제가 술을 마시다가 화를 벌컥 냈다.

"아니, 술맛이 왜 이 모양인가?"

신하가 왕녀의 명령을 받고 술을 옮겨 담은 일을 소상하게 고했다.

황제는 왕녀를 불러서 호된 꾸중을 했다. 아버지인 황제에게 꾸중을 들은 왕녀는 그 못생긴 랍비를 불렀다.

"당신은 분명 술을 금이나 은그릇에 담아두면 맛이 변한다는 사실을 알고 있었어요. 그런데 왜 내게 그런 말을 한 거죠?"

현자는 다시 빙긋 웃으며 말했다.

"저는 다만, 아무리 귀한 것이라도 보잘것없는 그릇 속에 담겨 있을 수 있다는 사실을 왕녀께 알려드리고 싶었을 뿐입니다."

아버지의 유서

시골에 살고 있던 현명한 아버지가 아들을 예루살렘에 있는 학교로 유학 보냈다. 그런데 아들이 유학하고 있는 중에 그가 중병에 걸렸다. 살아생전에 다시는 아들을 보지 못할 것을 예감한 그는 다음과 같은 유서를 남겼다.

'나의 모든 재산은 우리 집 하인에게 물려주도록 한다. 내 아들에게는 하인을 포함한 모든 재산 중에 하나만을 선택해서 가질 수 있는 권한을 부여한다.'

그가 눈을 감자, 하인은 자신의 행운에 뛸 듯이 기뻐했다. 그는 예루살렘에서 공부를 하고 있는 주인 아들에게 달려가, 주인의 부음을 알리며 유서를 보여주었다.

아들은 아버지의 갑작스런 사망 소식에 이루 말할 수 없는 슬픔을 느꼈다. 그리고 한편으로는 아버지가 남긴 이상한 유서의 내용에 충격을 받지 않을 수 없었다.

아버지의 장례식이 끝나자, 아들은 앞으로의 일에 대해 여러 가지로 생각을 해보았다. 아무래도 랍비를 찾아가 조언을 구하는 것이 좋을 것 같았다.

"제 아버님이 모든 재산을 하인에게 남긴 이유가 무엇일까요? 저는 한 번도 아버님의 기대에 어긋나는 행동을 한 적이 없었는데……."

아들이 죽은 아버지에 대해 원망 섞인 말을 늘어놓자, 곰곰이 생각에 잠겨 있던 랍비가 그 참된 뜻을 이렇게 풀이해 주었다.

"아들이 외지에 나가고 없는 상황에서 하인이 재산을 가지고 도망가거나, 혹은 재산을 탕진하지나 않을까 걱정되어 그러셨을 겁니다. 심지어는 자신이 죽었다는 사실조차도 아들에게 전하지 않을 것을 염려하여, 그리했을 겁니다. 유서대로 하면 모든 재산을 물려받게 된 하인이 기뻐하며 한걸음에 당신에게 달려가 그 소식을 알릴 테고, 집안의 재산도 보존하리라 믿으신 게지요."

그러나 아들은 랍비의 설명이 잘 이해되지 않았다.

"모든 것이 하인에게 넘어갈 텐데, 그게 무슨 뜻입니까?"

랍비가 껄껄 웃으며 그를 안심시켰다.

“당신은 아버님의 유산 중에서 하나를 고를 수 있는 권한
이 있습니다. 하인도 아버님의 유산 중 하나이니까, 당신이
하인을 고르면 모든 유산은 결국 당신 것이 될 겁니다. 모두
아버님이 당신을 위해 배려한 일입니다.”

마침내 아버지의 참뜻을 깨달은 아들은 랍비가 가르쳐준
대로 하인을 유산으로 선택했다.

그 뒤 그는 집안의 모든 유산을 고스란히 물려받고, 하인은
해방시켜주었다.

무언의 충고

　생일이 똑같다는 이유로 로마의 황제와 친하게 지내는 랍비가 있었다.

　그러나 황제가 랍비와 절친하다는 사실은 두 나라의 관계로 보아 과히 좋은 일이 아니었다. 그래서 황제는 랍비에게 무엇인가 물어볼 것이 있을 때는 극비에 사람을 보내어 그의 조언을 듣곤 했다.

　어느 날 황제는 이런 편지를 써서 랍비에게 보냈다.

　"나에게는 두 가지 소망이 있습니다. 하나는 내가 죽으면 내 아들이 황제의 자리에 오를 수 있도록 하는 것이며, 나머지 하나는 티베리아스 시를 상업 활동이 자유로운 도시로 만드는 것입니다. 하지만 내 능력으로는 한 가지 일밖에 이룰 수가 없을 것 같습니다. 혹시 두 가지 소망을 모두 이룰 수 있는 방법은 없겠습니까?"

그 당시는 두 나라의 관계가 악화일로에 처해 있었기 때문에, 황제의 물음에 랍비가 대답을 했다는 사실이 알려지면 국민들에게 큰 악영향을 끼칠 것이 자명했다. 그래서 랍비는 황제의 물음에 답장을 쓰거나 무슨 말을 할 형편이 못되었다.

랍비에게 편지를 전하러 갔던 사람이 돌아오자, 황제가 물었다.

"랍비에게 내 편지를 전하고 답장은 받아왔느냐?"

황제의 물음에 그가 대답했다.

"랍비께서는 편지를 읽어보신 후, 아무 말도 하지 않으셨습니다. 그저 아들에게 목말을 태워주더니, 아들에게 비둘기를 하늘로 날려 보내라고 시키셨습니다. 그것이 전부입니다."

황제는 '먼저 아들에게 왕위를 물려준 다음, 그 아들로 하여금 도시를 번성케 하면 된다'는 랍비의 뜻을 알아챌 수 있었다.

그 이후 어느 날, 황제는 다시 랍비에게 사람을 보냈다. 다음과 같은 질문을 하고 싶어서였다.

"나라의 신하들이 내 마음을 괴롭히고 있는데, 어떻게 하면 좋겠습니까?"

랍비는 역시 아무 말도 하지 않은 채, 밭으로 나가 채소 한 포기를 뽑아 왔다.

그리고는 또다시 밭에 나가 한 포기를 뽑아 오고, 잠시 후에 또 한 포기를 뽑아 오는 것이었다.

이야기를 전해들은 황제는 랍비가 말하려는 뜻을 알 수 있었다.

그 뜻은 이러하였다. 적들을 한 번에 일망타진시키려 하지 말고, 몇 번에 나누어 한 사람 한 사람 제거하라는 것이었다.

인간의 의사는 이처럼 말이나 글에 의존하지 않아도 충분히 나타낼 수 있는 것이다.

세 가지 현명한 행위

예루살렘에 거주하는 사람이 여행 도중에 병이 들고 말았다. 그는 더 이상 자기가 소생할 가망이 없다는 생각이 들어, 여관 주인을 불러놓고 말했다.

"나는 이대로 그만 죽을 것 같소. 내가 죽었다는 소식을 듣고 예루살렘에서 내 가족이 찾아오면, 내가 가지고 있던 물건들을 내주시오. 그러나 찾아온 식구들이 세 가지 현명한 행동을 하지 않으면 내 물건들을 절대로 내주지 마시오. 나는 여행을 떠나기 전에 내 아들에게, 만일 내가 여행 중에 죽게 되면 내 유산을 물려받기 위해서 세 가지 현명한 행동을 해야 한다고 일러두었습니다."

투숙한 나그네는 죽었고, 여관 주인은 유태인의 의식에 따라 매장해 주었다.

그의 죽음은 마을 사람들에게 알려졌고, 물론 예루살렘에 있는 아들에게도 소식이 전해졌다.

예루살렘에 있는 아들이 부음을 전해 듣고, 부친이 돌아가셨다는 마을로 서둘러 찾아왔다. 그러나 그는 부친이 묵었던 여관을 알 수가 없었다. 왜냐하면 부친이 그 여관을 아들에게 알려주지 말라고 유언했기 때문이었다. 그래서 아들은 자신의 지혜로 그 여관을 찾아낼 수밖에 없었다.

그때, 나무장사가 땔나무를 가득 싣고 지나가고 있었다. 아들은 나무장사를 불러 땔나무를 산 다음, 그 나무를 예루살렘에서 온 나그네가 죽은 여관으로 가져다 달라고 말했다. 그런 다음 그 나무 장사가 가는 곳으로 따라갔다.

여관 주인이 자기는 땔나무를 산 일이 없노라고 말하자, 나무 장사가 이렇게 말했다.

"아닙니다. 지금 내 뒤를 따라오고 있는 사람이 이 나무를 사서 이리로 가져다 달라고 했습니다."

이것이 아들의 첫 번째 현명한 행동이었다.

여관 주인은 그를 반갑게 맞아들인 다음, 저녁식사를 대접했다.

식탁 위에는 다섯 마리의 비둘기 요리와 한 마리의 닭요리가 올라와 있었다.

주인 부부와 두 아들과 두 딸, 이렇게 모두 일곱 사람이 식탁에 둘러앉았다.

주인이 "이제 음식을 모두에게 나누어주시오"라고 그에게 말하자, 그는 "아닙니다. 주인께서 나누어주시는 것이 좋을 것 같다"고 사양하였다.

그러자 주인이 이렇게 말했다.

"아닙니다. 당신이 손님이니까, 당신이 좋을 대로 나누어주시지요."

그 말을 듣고, 그는 음식을 나누어주기 시작했다.

먼저 비둘기 한 마리를 두 아들에게 주고, 또 한 마리는 두 딸에게 그리고 또 한 마리는 주인 부부에게 주었다. 그리고 나머지는 자기 몫으로 놓았다.

이것이 그 아들의 두 번째 현명한 행동이었다.

주인은 매우 못마땅한 표정을 지으면서도 아무 말을 하지 않았다. 이어서 그는 닭 요리를 나누기 시작했다.

먼저, 머리를 떼어 주인 부부에게 주고, 두 다리는 두 아들에게, 두 날개는 두 딸에게 준 다음 큰 몸통을 자기 몫으로 놓았다.

이것이 그 아들의 세 번째 현명한 행동이었다.

묵묵히 이를 보고 있던 주인이 마침내 화를 참지 못하고 소리를 질렀다.

"당신네 고장에서는 이렇게 합니까? 당신이 비둘기를 나눌 때는 참았으나, 닭을 나누는 것을 보니 더 이상 참을 수가 없소. 도대체 이게 무슨 짓이오!"

그러자 젊은이가 이렇게 대답했다.

"나는 처음부디 음식을 나누는 일은 하고 싶지 않았습니다. 그러나 주인께서 나에게 간곡히 부탁하셔서 최선을 다해 나누어드린 것뿐입니다. 그러면 그렇게 나누어드린 이유를 말씀드리지요. 주인과 부인과 비둘기 한 마리를 합하면 셋이고, 두 아드님과 비둘기 한 마리를 합하면 셋이고, 두 따님과 비둘기 한 마리를 합하면 셋이고, 나와 비둘기 두 마리를 합하면 셋이니, 매우 공평하게 나눈 것입니다. 또 주인 부부께서는 이 집안의 우두머리이므로 닭의 머리를 드렸고, 두 아드님은 이 집안의 기둥이므로 다리를 주었으며, 두 따님은 언제라도 날개가 돋쳐 시집을 갈 것이므로 날개를 준 것입니다. 그리고 저는 배를 타고 여기에 왔고, 다시 배를 타고 돌아가야 하기 때문에 배처럼 생긴 몸통을 가진 것입니다. 이제 빨리 우리 아버님의 유산이나 내주십시오."

암시장

어떤 현명한 재판관이 있었다.

어느 날, 시장 거리를 거닐던 그는 많은 장물들이 그곳에서 거래되고 있다는 것을 알아냈다. 그는 많은 사람들과 도둑들에게 경종을 올려주기 위해서는 어떤 시위가 필요하다고 생각했다.

재판관은 족제비 한 마리에게 작은 고깃덩이 하나를 주었다. 그러자 족제비는 고깃덩이를 물고 곧 자기의 작은 굴로 들어가, 그곳에 고깃덩이를 감췄다. 사람들은 족제비가 고깃덩이를 감춘 것을 쉽게 알 수 있었다.

재판관은 족제비의 작은 굴을 막아버린 다음, 이번에는 더 큰 고깃덩이를 족제비에게 주었다. 그러자 족제비는 고깃덩이를 문 채 재판관 앞으로 돌아왔다. 족제비는 자기가 갖고 있는 고깃덩이를 처치할 수 없자, 그 고기를 주었던 사람에게 다시 가지고 돌아왔던 것이다.

족제비와 재판관의 이 일을 지켜본 사람들은 자신들이 도둑맞은 물건들이 시장에서 팔리고 있다는 사실을 깨닫게 되었다. 시장으로 달려간 사람들은 도둑맞았던 물건들을 다시 찾아갈 수 있었다.

가운뎃길

군대가 길을 따라 행진하고 있었다.

길의 오른쪽은 눈과 얼음으로 덮여 있었다. 그리고 길의 왼쪽은 불바다였다.

군대가 길 오른쪽으로 행진하면 모두 얼어 죽고, 길 왼쪽으로 행진하면 모두 불에 타 죽을 상황이었다.

하지만 길의 가운데는 따뜻함과 시원함이 적당하게 조화되어 있었다.

진짜 어머니

　무엇이 진실이고 무엇이 허위인지를 분별하는 것은 참으로 어려운 일이다. 《탈무드》는 이 두 가지를 분별하는 방법을, 솔로몬 왕의 이야기를 통해 가르쳐 주고 있다.

　솔로몬 왕은 매우 뛰어난 현인으로 정평이 나 있었다. 하루는 두 여인이 아이 하나를 데리고 와서 서로 자기 아이라고 주장하며, 솔로몬 왕에게 판단해 줄 것을 요청하였다.

　솔로몬 왕은 여러 가지 방법을 동원해 진실을 조사해 보았으나, 왕 자신도 누가 진짜 아이의 엄마인지를 알 수가 없었다.

　유태인 사회에서는 그 소유가 분명하지 않을 때는 둘로 갈라서 나누어 가지는 것이 관례였다. 솔로몬 왕은 관례대로 이 아이를 칼로 두 토막을 내라고 명령하였다.

　그러자 두 여인 가운데 한 여인이 갑자기 미친 듯이, 그렇게 할 바엔 차라리 그 아이를 저 여자에게 주어버리라며 울부짖었다.

이 광경을 보고 솔로몬 왕은 확신에 차서 말했다.

"그대야말로 아이의 진짜 어머니요! 아이를 이 여인에게 주어라!"

갈비뼈로 여자를 만든 이유

태초에 하느님이 여자를 만들 때 남자의 머리로 여자를 만들지 않은 이유는, 여자가 남자를 지배할 수 없도록 하기 위해서이다.

남자의 발로 여자를 만들지 않은 이유는, 여자가 남자의 노예가 되지 않도록 하기 위해서이다.

남자의 갈비뼈로 여자를 만든 이유는, 여자가 항상 남자의 마음 가까이 있도록 하기 위해서이다.

현명한 사람의 조건

현명한 사람이 되려면, 다음 일곱 가지를 지켜야 한다.

1. 자기보다 잘난 사람 앞에서는 말을 삼간다.

2. 상대방의 말을 끊지 않고 끝까지 경청한다.

3. 대답할 때 침착하게 행동한다.

4. 질문할 때는 언제나 요점만 물어본다. 대답할 때는 조리 있게 답한다.

5. 일의 앞뒤를 분명히 한다.

6. 모르는 것이 있으면, 모른다는 것을 솔직하게 인정한다.

7. 진실은 진실로 받아들인다.

돈

◆ 돈은 하느님이 마련해준 선물을 살 수 있는 기회를 제공한다.

◆ 돈은 나쁜 것이 아니며, 저주의 대상도 아니다. 그것은 인간의 축복을 위한 것이다.

◆ 재산이 많으면 튼튼한 요새를 갖고 있는 것 같고, 재산이 없으면 폐허를 갖고 있는 것 같다.

◆ 몸은 마음에 의해 좌우되고, 지갑은 크기에 의해 좌우된다.

◆ 사람이 마음에 상처를 입는 경우는 고민이나 불화, 아니면 지갑이 텅 비어 있을 때다. 특히 지갑이 비어 있을 때 가장 큰 상처를 입는다.

◆ 돈이란 물건을 사거나 장사를 하는 데 쓰는 것이지, 술을 마시는 데 허비하는 것이 아니다.

◆ 몸은 마음에 의존하게 마련이고, 마음은 돈지갑에 의존하게 마련이다.

◆ 돈을 빌려준 사람에게는 화를 내지 말고 참아야 한다.

◆ 돈과 물건은 거저 주는 것보다는 빌려주는 편이 더 낫다. 돈이나 물건을 거저 얻으면 얻은 사람이 준 사람보다 아래의 입장이 되지만, 빌려주면 서로 동등한 입장이 되기 때문이다.

교 육

◆ 자신을 안다는 것은 곧 지혜가 있다는 뜻이다.

◆ 학교가 없는 곳이 있다면, 그곳은 사람 사는 곳이 아니다.

◆ 기억력을 높이는 데 가장 좋은 약은 감동시키는 것이다.

◆ 값이 비싼 귀한 진주를 잃어버리면, 그것을 찾기 위해서는 값이 싼 양초를 사용한다.

◆ 고양이에게서는 겸손을 배울 수 있고, 개미에게서는 정직을 배울 수 있다. 그리고 비둘기에게서는 정절을 배울 수 있으며, 수탉으로부터는 재산을 지키는 권리를 배울 수 있다.

◆ 어린아이를 가르치는 것은 백지 위에 무엇인가를 채워가는 것과 같다.

◆ 노인을 가르치는 것은 빽빽이 채워진 종이 위에 또다시 무엇인가를 채우도록 하는 것과 같다.

◆ 칼을 가지고 일어서려는 사람은 책을 가지고 일어설 수가 없다. 또한 책을 가지고 일어서려는 사람은 칼을 가지고 일어서지 못한다.

◆ 향수를 파는 가게에 들어갔다가 나오면, 향수를 사지 않았더라도 향기가 묻어나온다.

◆ 가죽공장에 들어갔다가 나오면, 가죽으로 만든 물건을 사지 않았더라도 역한 냄새가 난다.

◆ 의사로부터 충고를 받았다고 해서 의사에게 대가를 치를 필요는 없다.

◆ 빈한한 집안의 아들은 칭송받을 것이다. 우리 모두에게 지혜를 주는 사람이 바로 그들이기 때문이다.

동 물

◆ 동물들은 유유상종이다. 늑대가 양과 함께 어울려 사는 법은 없으며, 하이에나가 개와 함께 사는 법도 없다. 부자와 가난한 사람의 생활도 마찬가지이다.

◆ 여우의 머리가 되기보다는 차라리 사자의 꼬리가 되라.

◆ 고양이와 쥐도 함께 먹이를 먹는 동안에는 싸우지 않는다.

◆ 개 한 마리가 짖기 시작하면 다른 개들도 따라 짖는다.

당나귀를 따라온 다이아몬드

어떤 랍비가 생계를 위해 나무장사를 하고 있었다. 산에서 나무를 베어 마을에 가져다 파는 데는 생각보다 시간이 많이 걸렸다. 그는 공부를 좀 더 많이 하고 싶은 마음에, 당나귀를 한 마리 사서 시간을 절약하기로 작정했다.

어느 날, 그는 마을의 아랍 상인으로부터 당나귀를 사들였다. 그러자 그의 제자들이 더 기뻐하며, 당나귀를 냇가로 데려가 물로 씻기기 시작했다.

그런데 당나귀를 씻어주던 제자가 갈기에 다이아몬드가 붙어 있는 것을 발견했다.

제자들은 선생님이 이제 드디어 가난에서 벗어나 자기들을 마음 놓고 가르칠 수 있게 되었다며 만세를 불렀다.

그러나 랍비는 제자들에게 따끔하게 일침을 놓으며, 그것을 당나귀를 판 사람에게 돌려주라고 일렀다.

"내가 산 것은 당나귀일 뿐이지, 다이아몬드가 아니다. 그러니 그것은 주인에게 돌려줘야 한다."

랍비가 아랍 상인에게 다이아몬드를 돌려주자, 아랍 상인도 받기를 거절했다.

"사간 당나귀에서 다이아몬드가 나왔다면, 그것은 당신 것입니다."

랍비도 자신의 고집을 꺾지 않았다.

"우리의 전통으로는 돈을 내고 산 물건 이외에는 다른 것은 가질 수가 없습니다."

이에 아랍 상인은 그의 신앙심에 다시 한 번 경의를 표했다.

독이 든 우유와 개

집 안에 놓여 있던 우유 통 속으로 독사 한 마리가 기어 들어갔다. 그 바람에 공교롭게도 우유 속에 독사의 독이 스며들게 되었다. 하루 종일 집을 지키고 있던 개는 그 모습을 줄곧 지켜보고 있었다.

식구들이 돌아와 우유를 따라 마시려고 하자, 갑자기 개가 사납게 짖기 시작했다. 식구들은 개가 왜 그런 행동을 하는지를 전혀 눈치 채지 못했다.

식구 중 한 사람이 통에서 우유를 따라 입에 대는 순간, 개가 주인을 덮쳤다. 우유가 바닥에 쏟아지자 개가 핥아먹기 시작했다. 그리고 개는 곧바로 숨을 거두었다.

개가 죽고 나서야 식구들은 개의 의중을 알게 되었다. 이렇게 죽은 개는 랍비들로부터 충견이라고 칭송을 받았다.

천국과 지옥

어떤 아들이 닭을 잡아 아버지에게 정성껏 차려드렸다.

그러자 아버지가 물었다.

"아니, 닭이 어디서 난 거냐?"

아들이 대답했다.

"아버지, 괜한 걱정하지 마시고 그냥 맛있게 드시기만 하면 돼요."

결국 아버지는 더 이상 물을 수가 없었다.

그 마을에는 밀가루 방앗간 집의 아들도 있었다.

이 아들은 궁전에서 나라 안에 있는 유명한 방아꾼을 모두 소집한다는 소문이 돌자, 아버지를 제쳐두고 자기가 그 모집에 대신 응했다.

이 두 아들 가운데 누가 더 착한 아들일까?

누가 천국에 가고, 누가 지옥에 갈 것인가?

그렇다면 그 이유는 무엇인가?

착한 아들은 닭을 잡아서 아버지에게 드린 아들이 아니다. 아버지가 묻는 말에 성심껏 대답하지 않았기 때문이다.

착한 아들은 방앗간 집의 아들이다. 방아꾼을 강제로 소집한 궁전에서 사람들을 매실하고 음식도 제대로 주지 않으면서 혹사시킨다는 사실을, 이 아들은 이미 알고 있었기 때문에 자신이 아버지 대신 간 것이다.

그리하여 두 번째 아들은 죽어서 천국으로 가고, 첫 번째 아들은 지옥으로 갔다.

부모를 아끼는 효심이 없다면, 차라리 부모에게 일을 시키는 편이 낫다.

진정한 효도

옛날 이스라엘의 다마라는 곳에 한 착한 아들이 있었다. 그는 유태인이 아니었다.

그런데 그에게는 엄청나게 값이 나가는 다이아몬드가 한 개 있었다.

어느 날, 사원을 장식하는 데 쓸 보석을 찾고 있던 랍비가 그 소문을 듣고 찾아왔다. 많은 돈을 줄 테니 그가 갖고 있는 다이아몬드를 팔라고 제안했다.

그때, 마침 그의 아버지는 다이아몬드를 보관해둔 금고의 열쇠를 베개 밑에 넣어둔 채 낮잠을 즐기고 있었다.

그는 난처했다. 그러나 아버지를 깨울 용기가 나지 않았다.

그는 랍비가 주겠다는 돈의 유혹을 뿌리치며, 이렇게 대답했다.

"아버지께서 지금 주무시고 계셔서 안 되겠습니다. 저는
다이아몬드를 팔자고 아버지를 깨울 수는 없습니다."

그 후, 낮잠을 자고 있는 아버지를 위해 많은 돈의 유혹을
뿌리친 이 아들의 이야기가 사람들에게 널리 알려졌다.

랍비는 비록 원하는 다이아몬드는 구하지 못했지만, 그의
효심에 감탄한 나머지 사람들에게 이 이야기를 널리 전했던
것이다.

영원한 생명을 받을 수 있는 자격

어느 날, 사람들로 북적대는 시장을 찾아간 랍비가 큰소리로 외쳐댔다.

"이 시장 안에 영원한 생명을 약속받을 만한 자격이 있다고 생각하는 분이 있으면, 이리 나와보십시오!"

그러나 누가 보아도 그럴 만한 사람은 없는 것 같았다. 그때 두 사람이 용감하게 랍비 앞으로 나섰다.

그러자 랍비가 머리를 끄떡이며 말했다.

"두 분은 정말 착한 분들이오. 영원한 생명을 받기에 부족함이 전혀 없는 분들이구려."

주위에 몰려 있던 사람들이 그들에게 물었다.

"당신들은 도대체 뭐하는 사람들이오?"

사람들이 궁금해 하자, 그들이 자신들의 직업을 밝혔다.

“저희는 광대입니다. 슬프고 우울한 사람들에게는 웃음을
선사하고, 서로 싸우고 다투는 사람들에게는 평화를 가져다
주는 게 저희의 직업입니다.”

두려워하는 것

한 랍비가 로마에 갔는데, 다음과 같은 벽보가 길거리 여기저기에 나붙어 있었다.

'왕비께서 잃은 보석을 30일 안에 찾아주는 사람에게는 후한 상을 내리겠다. 그러나 30일이 지나면, 그 보석을 갖고 있는 사람이 누구든 지위 여부를 막론하고 극형에 처할 것이다.'

그런데 랍비는 우연히 그 보석을 손에 넣게 되었다. 그는 보석을 그냥 갖고 있다가, 31일째 되는 날 왕궁으로 가서 왕비에게 돌려주었다.

의아한 표정으로 왕비가 물었다.

"한 달 전에 붙여놓았던 벽보를 못 보았나요?"

랍비가 보았다고 대답하자, 왕비가 다시 물었다.

“그런데 왜 30일이 지나도록 그것을 가지고 있었나요? 하루만 일찍 가져왔더라도 당신은 후한 상을 받았을 텐데, 목숨이 아깝지 않은가요?”

그러자 랍비가 대답했다.

“제가 30일 이전에 이 보석을 가져왔다면, 세상 사람들은 저에세 손가락질했을 겁니다. 제가 왕비님을 두려워하고 있다고 말입니다. 그렇기 때문에 저는 오늘까지 기다렸다가 가져온 것입니다. 제가 두려워하는 것은 왕비님이 아니라 오직 신뿐이라는 사실을 사람들에게 말해주고 싶었기 때문입니다.”

랍비의 설명을 들은 왕비는 존경을 가득 담아 말했다.

“그토록 철저하게 신을 받드는 당신에게 깊은 경의를 표합니다.”

도둑과 솔로몬

안식일에 유태인 세 명이 예루살렘을 찾았다. 그들은 갖고 있는 돈을 맡겨놓을 만한 마땅한 곳을 찾을 수가 없었다. 결국 그들은 다 같이 돈을 한 곳에 파묻어두었다.

그런데 며칠 뒤에 그곳으로 가보니, 숨겨놓았던 돈이 감쪽같이 사라지고 없었다. 그들 중 한 사람이 그 돈을 훔쳐간 것이 분명했다.

그들은 이 문제를 들고 솔로몬 왕을 찾아갔다. 그 당시 솔로몬 왕은 지혜의 왕으로 널리 알려져 있었기 때문이다.

그들이 돈을 훔쳐간 범인을 찾아달라고 애원하자, 솔로몬 왕이 말했다.

"세 사람 다 슬기로운 사람 같으니, 그대들이 먼저 나의 어려운 문제를 풀어주면 나도 그 문제를 풀어주겠네."

세 사람 모두가 동의하자, 솔로몬 왕이 자신의 고민을 털어놓았다.

"서로 결혼을 약속한 처녀와 총각이 있었는데, 변심한 처녀가 다른 남자와 결혼하겠다고 하면서 헤어지자고 졸랐다네. 그 대신 돈으로 보상을 하겠다고 하면서 말이야. 하지만 그 총각은 보상 따위는 필요 없다고 하면서 그녀와의 약혼을 취소해 주었지.

얼마 뒤, 그 처녀에게 많은 돈이 있다는 것을 안 어떤 노인이 그녀를 납치했지. 그러자 그녀는 자신과 약혼했던 남자는 파혼을 당하면서도 아무런 보상을 원치 않고 자유롭게 자신을 놓아주었다고 말하면서, 그 사람처럼 자기를 풀어달라고 노인에게 간청했어. 그러자 노인도 돈을 요구하지 않고 그녀를 풀어주었다네.

이 세 사람 중에서 가장 칭찬받을 만한 사람이 누구일까 하는 것이 내 고민일세."

먼저 한 남자가 나섰다.

"이미 약혼을 했으면서도, 아무런 대가도 바라지 않고 약혼녀를 자유롭게 풀어준 총각이 가장 칭찬받아야 합니다. 그는 처녀의 의사를 존중해 주었을 뿐만 아니라, 아무런 보상도 원하지 않았기 때문입니다."

다른 남자가 말했다.

"저는, 진심으로 사랑하지 않는 사람에게 파혼을 요구한 처녀가 칭찬받아야 한다고 생각합니다. 과거의 약혼자가 아니라 진정으로 사랑하는 사람과 결혼하려고 했던 처녀의 용기에 박수를 보내고 싶습니다."

마지막 남은 한 남자가 말했다.

"도대체 이야기의 줄거리가 무엇인지 잘 모르겠습니다. 노인은 돈 때문에 처녀를 납치했으면서, 돈도 받지 않고 풀어준 이유가 무엇인지 도저히 이해할 수가 없습니다."

솔로몬 왕이 세 번째 남자에게 호통을 쳤다.

"돈을 훔쳐간 범인이 바로 너로구나! 다른 두 사람이 처녀 총각의 애정 문제와 그 주변 문제에 대해 신경 쓰고 있는 동안, 네놈은 그저 돈밖에 생각하지 않는구나. 도둑은 바로 네놈이 틀림없다!"

닭의 재판

갓 태어난 아기가 요람 속에 누워 쌔근쌔근 잠을 자고 있었다. 이때 닭 한 마리가 나타나 아기의 머리를 날카로운 부리로 쪼았다. 아기는 결국 그 상처로 인해 죽고 말았다.

아이를 쪼아 죽인 닭은 재판을 받게 되었다. 그 사건을 목격했던 사람들이 나서서 증언을 했다.

마침내 닭은 유죄판결을 받고 사형에 처해졌다.

아무리 하잘것없는 짐승이라 해도, 유죄가 확정되지 않는 한 함부로 처단할 수 없다는 점을 깨우쳐주는 일화이다.

자선의 대가

어느 지방에 아주 큰 규모의 농장이 있었는데, 그 농장 주인은 자선에 힘쓰는 인물로 알려져 예루살렘 근방에서는 많은 사람들에게 존경받고 있었다.

매년 랍비들이 그 농장 주인을 찾아가면, 그는 서슴없이 후한 헌금을 내놓곤 했다.

그러던 어느 해 몹시 심한 폭풍우가 불어닥쳐 과수원이 모두 망가지고, 게다가 전염병까지 퍼져 키우던 양과 소 등의 가축들도 모두 죽고 말았다.

이렇게 되자, 그에게 자본금을 융통해 준 채권자들이 몰려와서 그의 재산을 몽땅 압류해 버렸다. 이제 그에게 남은 것이라곤 자투리땅밖에 없었다.

하지만 농장 주인은 '하느님이 주신 것을 하느님이 찾아가신 것이니 할 수 없지'하고는 태연스러웠다.

농장 주인이 망해버린 그 해에도 랍비들이 찾아왔고, 랍비들은 그 많던 재산을 모두 잃어버린 농장 주인을 위로하였다.

이때, 주인의 아내는 남편에게 이렇게 의논했다.

"여보. 우리 부부는 해마다 랍비들에게 헌금을 하여 학교를 세우거나 회당을 유지하고, 가난한 사람들과 노인늘을 위해 쓰도록 도왔는데, 올해는 아무것도 내놓을 게 없네요. 그렇다고 저분들을 그냥 가게 할 수도 없으니, 어떻게 하면 좋겠어요?"

그들 부부는 랍비들을 빈손으로 돌아가게 할 수는 없다고 생각하고, 남아 있는 자투리땅의 절반을 팔아서 헌금한 후 나머지 땅을 일구어 농사짓기로 결심했다.

랍비들은 뜻밖의 헌금을 받고는 무척 놀랐다.

그 뒤 농부가 절반 남은 자투리땅을 갈고 있던 어느 날, 밭을 갈던 소가 갑자기 쓰러졌다.

그래서 흙탕에 쓰러진 소를 끌어냈다. 그런데 그 소 발밑에서 보물이 쏟아져 나온 것이 아닌가.

그 보물을 팔아, 부부는 다시 옛날처럼 큰 농장을 경영하게 되었다.

이듬해에 랍비들이 다시 찾아왔다.

랍비들은 아직도 그 농부가 가난하고 어렵게 살고 있을 것
이라 여기고, 예전의 그 작은 땅으로 찾아갔다.

그런데 농부는 보이지 않았고, 주위 사람들이 이렇게 일러
주었다.

"그 사람들은 이제 여기에서 살지 않아요. 저쪽의 큰 집에
서 살고 있답니다."

랍비들은 농장 주인이 살고 있는 큰 집으로 갔다.

주인은 1년 동안 겪은 일들을 들려주면서, 남을 위해 자선
하면 그 대가가 반드시 되돌아온다고 말하였다.

노인과 어린 묘목

어떤 노인이 정원에 묘목을 심고 있었다. 마침 그때 그곳을 지나던 젊은 사람이 노인에게 그 어린 묘목을 심는 이유를 물었다.

"할아버지, 그 나무에 열매가 열리려면 얼마나 걸릴까요?"

노인이 대답했다.

"70년 정도 지나면 열리겠지요."

노인의 대답에 젊은 사람이 다시 물었다.

"할아버지께서 그렇게 오래 사실 수 있겠습니까?"

그러자 노인이 이렇게 대답했다.

"내가 어렸을 때 우리 집 과일나무에는 열매가 주렁주렁 열려 있었지요. 그것은 내가 태어나기 전에, 이미 아버님께

서 나를 위해 어린 묘목을 심어놓았기 때문이오. 나도 아버
님과 똑같은 일을 하고 있는 것이라오."

왕이 된 노예

착한 마음씨를 가진 부자가 있었다. 그는 거느리고 있던 노예에게 '해방시켜 줄 테니 어디든지 좋은 곳으로 가서 행복하게 살라'고 하며 많은 물건을 내어주었다.

구속의 사슬에서 풀려난 노예가 배를 타고 넓은 바다로 나아갔을 때, 심한 폭풍우가 몰아쳤다. 그 바람에 그가 타고 있던 배가 바다에 침몰하여, 그가 배에 가득 실었던 물건들이 모두 바다 속에 잠기고 말았다.

그러나 운 좋게도 노예는 배에서 빠져나와 열심히 헤엄을 친 끝에 가까운 섬에 도착하게 되었다. 간신히 목숨은 구했지만 결국 모든 것을 잃게 되자, 노예는 커다란 슬픔에 잠겨 바닥에 주저앉은 채 신세한탄을 했다.

어느 정도 시간이 지난 후, 정신을 차린 노예는 섬 주변을 살펴보다가 큰 마을을 발견했다. 이때 그는 옷을 하나도 걸치지 않은 벌거숭이 신세였다.

하지만 그가 마을에 다다르자 사람들이 모두 환호성을 지르기 시작했다.

"임금님 만세!"

마침내 그는 생각지도 못했던 임금의 자리에 올라, 호화스런 궁전에서 살게 되었다. 그 생활은 마치 꿈만 같았다.

도저히 믿을 수 없는 현실에, 그는 한 사람을 붙잡고 물어보았다.

"알거지나 다름없는 내가 이곳에서 왕이라니, 도대체 어찌된 일인가?"

그러자 그 사람이 대답했다.

"이곳은 산 사람들 세계가 아니라 영혼의 세계입니다. 그래서 일 년에 한 번씩, 산 사람이 이 섬에 나타나면 그 사람을 임금님으로 모십니다. 그러나 염두에 두십시오. 일 년이 지나면 당신은 이 섬에서 쫓겨나 생물이나 먹을 것이라곤 찾아볼 수 없는 외딴 섬으로 보내지게 될 것입니다."

임금이 된 노예는 그의 말이 고마웠다.

"정말 고맙구려. 지금부터라도 일 년 뒤를 대비해서 여러 가지 준비를 해야겠습니다."

그는 이후 사막과 같은 외딴 섬에 가서 꽃도 심고 과일나무
도 심기 시작했다.

마침내 일 년이 지났다. 그리고 노예는 임금의 자리에서 쫓
겨나, 처음 그 섬에 도착했을 때처럼 벌거숭이인 채로 외딴
죽음의 섬으로 떠나게 되었다.

그러나 그가 외딴 섬에 도착했을 때, 사막처럼 황폐했던 그
섬은 온갖 꽃이 피고 과일이 열린 신천지가 되어 있었다. 그
리고 그보다 먼저 그 섬으로 쫓겨 온 사람들도 그를 반갑게
맞아주었다. 그리하여 그는 그 사람들과 함께 행복하게 살게
되었다.

이 이야기에서 맨 처음 등장하는 착한 마음씨를 가진 부자
는 자애로운 하느님을, 그리고 노예는 사람의 영혼을 뜻한다.

그리고 그가 오르게 된 첫 번째 섬은 이 세상이며, 그곳에
서 살고 있던 마을 사람들은 인류이다.

일 년 후에 쫓겨나서 가게 된 사막과도 같은 외딴 섬은 죽
음 이후의 내세이다.

또한 그가 심은 꽃과 과일나무들은 선행을 상징하는 것이다.

잔치에 초대받은 두 신하

어떤 왕이 신하들을 위해 잔치를 베풀 예정이었다. 그러나 잔치가 열리는 시간은 알려주지 않았다.

현명한 신하는 임금이 베푸는 잔치에 언제든 참석할 수 있게끔 모든 준비를 하고 대궐 앞에서 왕의 초대를 기다리고 있었다. 그러나 어리석은 신하는 잔치를 준비하려면 시간이 꽤 오래 걸릴 테니 시간이 충분하다고 생각하고, 느긋하게 행동했다.

막상 대궐에서 잔치가 열리자, 현명한 신하는 바로 참석하여 왕이 베풀어준 맛있는 음식을 즐길 수 있었다. 하지만 어리석은 신하는 잔치에 참석조차 할 여유가 없었다.

필연

솔로몬 왕에게는 아주 귀엽고 영리한 딸이 하나 있었다.

솔로몬 왕이 어느 날 잠을 자는데, 딸의 신랑 될 사람의 모습이 꿈속에 나타났다. 그런데 그 모습이 자기 딸과는 영 어울리지 않아 보였다.

솔로몬 왕은 두 사람의 결합이 정녕 하늘의 뜻인지를 시험해보기로 작정했다.

그리하여 자신의 딸을 작은 외딴섬에 있는 별궁으로 보낸 다음, 다른 사람과의 접촉을 금지시켰다.

별궁 주위에는 담을 높게 둘러친 것을 비롯하여 경비병을 빽빽이 배치해 놓았고, 별궁 출입문 열쇠까지 회수했다.

한편, 솔로몬 왕이 꿈속에서 보았던 청년은 홀로 들판을 헤매고 있었다. 그러다가 날이 저물어 기온이 내려가자, 죽은 사자의 사체 속에 들어가 잠을 잤다.

그때 커다란 새가 날아와 사자를 낚아채어 날아갔다. 그러나 하늘을 날던 새는 얼마쯤 날다가 힘에 겨워지자 그만 사자를 떨어뜨리고 말았다.

그런데 사자가 떨어진 곳은 공교롭게도 바로 솔로몬 왕의 딸이 갇혀 있는 바로 그 별궁이었다.

그 덕택에 사자의 사체 안에서 잠을 자고 있던 청년은 솔로몬 왕의 딸을 만나게 되었으며, 두 사람은 곧 서로 사랑에 빠지게 되었다.

이 세상에서 일어날 일은 반드시 일어나고야 만다.

하늘이 맡긴 보석

안식일에 랍비가 교회에서 설교를 하고 있는 동안, 집에 있던 그의 두 아이가 갑자기 죽는 일이 발생했다.

랍비의 아내는 아이들의 시신을 2층으로 옮겨놓고, 흰 천으로 덮어두었다.

랍비가 집에 돌아오자, 아내가 조심스럽게 물었다.

"당신에게 하나 물어봐야 할 게 있어요."

아내의 느닷없는 말에, 랍비가 어리둥절한 표정을 지으며 되물었다.

"무슨 일인데, 그렇게 정색을 하고 그래요?"

아내가 말했다.

"얼마 전에 어떤 사람이 귀중한 보석을 맡기면서 잘 보관해달라고 했는데, 오늘 갑자기 다시 나타나서는 그것을 돌려달라고 하더군요. 그래서 돌려주었어요. 내 행동이 잘한 것인지 알고 싶어요.”

랍비는 별것도 아닌 일을 가지고 심각하게 질문하는 아내가 실없다는 생각을 했다.

“보석을 맡긴 주인이 돌려달라고 하면, 언제라도 돌려주는 게 도리 아니오?”

그러자 그의 아내가 참았던 울음을 터뜨리며 말했다.

“하늘이 우리에게 준 귀중한 보석 두 개를 다시 돌려달라고 하면서, 오늘 가지고 갔어요.”

랍비는 그제야 아내의 말뜻을 알아차리고 아무 말도 하지 않았다.

랍비의 선행

위대한 랍비 힐렐이 급한 걸음으로 걸어가고 있었다.

학생들이 그를 발견하고 물었다.

"선생님, 무슨 일로 이렇게 급히 가십니까?"

힐렐이 대답했다.

"좋은 일을 하기 위해 급히 가고 있는 중일세."

그 대답을 듣고, 학생들이 모두 힐렐의 뒤를 따라갔다. 그런데 힐렐은 공중목욕탕으로 들어가, 자신의 몸을 씻기 시작하는 것이 아닌가. 뒤따라간 학생들이 놀라서 힐렐에게 물었다.

"선생님, 이것이 선행입니까?"

그러자 힐렐이 이렇게 대답했다.

"인간이 자신을 청결하게 하는 일이야말로 커다란 선행이

다. 로마인을 보라. 로마인은 많은 동상을 닦고 있지만, 동상
을 씻는 것보다 자신을 씻는 편이 훨씬 좋은 것이다.”

이스라엘과 같은 몸

잘생긴 청년과 아름다운 처녀가 있었는데, 두 사람이 사랑에 빠졌다. 청년은 일생 동안 아가씨에게 성실하게 대할 것을 맹세하였고, 두 사람은 행복한 나날을 보냈다.

그러던 어느 날, 청년은 이 처녀를 남겨두고 여행길에 나서야만 했다.

처녀는 오랫동안 청년이 돌아오기를 기다렸으나, 청년은 돌아오지 않았다.

이 처녀의 친구들은 그녀를 동정했고, 그녀를 시기하고 있던 여자들은 청년이 절대로 돌아오지 않을 것이라고 비웃었다.

집으로 돌아온 처녀는 청년이 일생 동안 성실하게 대할 것을 맹세했던 편지들을 보면서 눈물을 흘렸다. 그 편지들은 그녀의 마음을 위로해 주었고, 힘이 되어 주었다.

어느 날 청년이 돌아오자, 처녀는 그 동안의 슬픔을 그에게 호소했다.

청년은 "그렇게 괴로운 시간을 보내면서도 어떻게 나만을 기다리며 정절을 지킬 수 있었소?"하고 물었다.

그러자 처녀는 이렇게 대답하며 웃었다.

"나는 이스라엘과 같은 몸이에요."

이스라엘이 이민족의 지배를 받고 있을 때 다른 나라 사람들은 모두 유태인을 비웃었으며, 이스라엘이 독립한다는 말을 들었을 때 그들은 이스라엘의 현인들을 바보라고 비웃었다.

그러나 유태인은 예배당과 학교에서 이스라엘을 굳게 지켜왔다. 유태인들은 하느님이 이스라엘 민족에게 주신 거룩한 약속을 믿고 살아왔다. 하느님이 그 약속을 지켜주셨으므로, 이스라엘은 마침내 독립했다.

이 이야기 속의 처녀도 청년이 맹세한 편지를 읽으면서 청년을 믿고 그가 돌아오기를 기다리고 있었기 때문에, 자기 자신을 가리켜 이스라엘과 같다고 말했던 것이다.

자식 (子息)

어떤 사람이 아들에게 유서를 남겼다.

'나의 전 재산을 아들에게 물려주되, 아들이 정말 바보가 되기 전에는 유산을 물려줄 수 없다.'

이 소식을 들은 랍비가 그에게 와서 이유를 물었다.

"정말 이해할 수 없는 유언이군요. 당신의 아들이 정말 바보가 되지 않는 한 재산을 물려줄 수 없다니, 도대체 무슨 까닭입니까?"

그러자 그 사람은 아무 말 없이 갈대를 입에다 물고 괴상한 울음소리를 내며 마루 위를 엉금엉금 기어 다녔다.

이와 같은 그의 행동은, 자기 아들이 자식을 낳은 후 그 자식을 귀여워하면 자기의 전 재산을 상속시키겠다는 것을 암시하고 있었다.

'자식이 태어나면 인간은 바보가 된다'는 속담은 여기에서 비롯된 것이다.

유태인에게 자식은 매우 소중한 존재로서, 부모들은 자식을 위하여 모든 것을 희생한다.

하느님이 유태민족에게 십계명을 내리면서, 그들로부터 반드시 십계명을 지키겠다는 맹세를 받고자 했다.

그래서 유태인들은 그들의 위대한 조상인 아브라함과 이삭과 야곱의 이름을 걸고 반드시 십계명을 지키겠노라고 맹세했다. 그러나 하느님은 허락하지 않았다.

다시금 유태인들은 앞으로 손에 넣게 될 모든 부귀를 걸고 맹세했지만, 하느님은 역시 허락하지 않았다.

마지막으로, 유태인들은 자식들에게 반드시 십계명을 전하겠노라고 자식들을 앞세워 맹세했다.

그러자 하느님은 비로소 허락하여 십계명을 내렸던 것이다.

죽음

　화물을 가득 실은 두 척의 배가 바다에 떠 있었다. 그 중 한 척은 막 출항 차비를 하고 있었고, 또 한 척은 방금 항구에 입항한 상태였다.

　이러한 경우, 대부분의 사람들은 출항하는 배에 대해서는 떠들썩하게 환송을 하지만, 반대로 입항하는 배에 대해서는 별다른 환영의 모습을 보이지 않는다.

　《탈무드》에서는 이러한 것을 대단히 그릇된 습관으로 지적하고 있다.

　출항하는 배의 앞날은 풍랑을 만나 어떤 고난을 당할지도 모른다. 그런데도 떠들썩하게 환송하는 것은 이상하지 않느냐고 지적한다.

　하지만 오랜 항해를 끝내고 무사히 귀항한 배는 진정으로 기쁘게 영접해 주어야 한다. 이 배야말로 어려운 모든 역경을 뚫고 맡은 바 책임을 완수했기 때문이다.

우리가 살아가는 인생길의 경우도 이와 같다고 할 수 있다.

우리는 갓 태어난 아이에게 많은 축복을 보낸다. 하지만 갓 태어난 아이야말로 앞으로 어떠한 고난을 겪을지, 또는 얼마 못 살고 도중에 죽을지, 아니면 흉포한 살인범이 될지 아무도 모른다.

이제 막 항해를 떠나는 배와 같은 아이에게 축복을 보내는 것은 분명 모순이 있다.

진정한 축복은 사람이 죽음이란 잠에 들어갈 때 보내야 한다. 그가 험난한 인생을 어떻게 헤치며 살아왔는지를 많은 사람들이 알고 있으므로, 이때에야말로 진정한 축복을 보내야 하는 것이다.

교사

  유태인의 가정에서는 아버지가 자식들에게 《탈무드》를 가르친다. 그런데 이때 아버지가 자주 화를 내거나 지나치게 엄하게 다루면, 자식들은 아버지가 무서워서 배울 마음을 상실하게 된다.

  히브리어의 '아버지'라는 말에는 '교사'의 뜻이 포함되어 있다. 가톨릭에서 신부를 'father'라고 부르는 까닭도 그 말이 지닌 히브리어적인 뜻 때문이다.

  유태인 사회에서는 아버지보다 교사를 더욱 존귀하게 생각한다. 만일 아버지와 교사가 함께 감옥에 갇혔는데 그 중 한 사람만을 구해낼 수 있는 상황이라면, 아이들은 교사를 데리고 나온다. 유태인에게는 지혜와 지식을 전해주는 교사가 누구보다도 귀한 존재이기 때문이다.

착한 사람

세상에는 네 가지 필요한 것이 있다. 금과 은과 철과 구리다. 이것들은 절대 그 대용품을 찾을 수가 없다.

이처럼 결코 다른 어떤 것으로도 바꿀 수 없으면서 꼭 필요한 것은, 바로 착한 사람이다.

《탈무드》에 따르면, 착한 사람은 큰 야자나무처럼 무성하게, 레바논의 큰 삼나무처럼 늠름하게 하늘높이 치솟아 있는 존재다.

야자나무는 한번 잘라 버리면 다음에 싹이 터 자랄 때까지 4년이란 세월이 걸리고, 레바논의 삼나무는 아주 멀리에서도 볼 수 있을 만큼 높게 자란다.

자선

《탈무드》 시대의 유태인 가정에서는 안식일 전날인 금요일 저녁에 반드시 어머니가 촛불을 켠다. 그리고 아버지는 아이들의 머리에 손을 얹고 축복을 한다. 유태인 가정에서는 촛불을 켤 때, '유태민족 기금'이라고 쓴 상자를 준비한다. 이때 아이들에게는 미리 동전을 주고, 어머니가 불을 붙이면 아이들은 그 돈을 상자에 넣는다. 이런 방법으로 유태인들은 어릴 때부터 자선 행위를 가르친다.

금요일 오후에는 가난한 사람들이 자선을 받기 위해 부잣집을 차례로 방문한다. 그러면 부잣집의 부모는 자신이 직접 돈을 건네주지 않고, 반드시 아이들에게 상자 속의 돈을 꺼내어 주도록 한다. 지금도 유태인들은 세계에서 자선을 위해 가장 많은 돈을 쓰는 민족으로 인정받고 있다.

공동체

많은 무리의 사람들이 함께 배를 타고 항해하고 있었다.

그런데 어떤 한 사람이 자기가 앉아 있는 배 밑바닥에 끌로 구멍을 내는 것이었다. 사람들이 놀라서 웅성거리며 그를 나무랐지만, 그는 조금도 거리낌 없이 이렇게 말하였다.

"여기는 내가 앉아 있는 자리니, 내가 무슨 짓을 하든지 그건 내 자유 아닙니까?"

얼마 후에 구멍으로 물이 들어와 배는 가라앉았고, 구멍을 낸 사람을 포함해 모두가 물에 빠지고 말았다.

화합

JCC(유태인 공동체 센터)는 유태인 사회에서는 보기 드문 단체 가운데 하나이다. 이 단체는 순수한 유태인들만으로 만들어진 단체가 아니기 때문이다.

이곳에는 러시아, 영국, 프랑스, 이스라엘, 미국 등 여러 계통의 유태인들이 작은 단위로 소그룹을 이루고 있다. 그렇기 때문에 유태 계율을 엄격히 지키는 사람이 있는가 하면 그렇지 않은 사람이 있고, 또 자선에 힘쓰는 사람과 그렇지 않은 사람 등등 여러 부류의 사람들이 제각각 개성을 드러내고 있다. 따라서 무엇이라 한마디로 성격 짓기가 어렵다.

이러한 단체에서는 일종의 긴장 상태가 항상 존재할 수밖에 없다. 실제로 이 단체는 한때 두 그룹으로 분열되어 서로 반목하는 위기를 맞았었다.

　이에 대해 랍비는《탈무드》에 있는 한 구절을 들려주어 그들을 다시금 화합시켰다.

　"한 가닥의 갈대는 쉽게 부러지지만, 갈대 백 개를 한 묶음으로 만들면 몹시 단단하다. 개들을 떼로 한데 모아 놓으면 서로 싸우지만, 늑대가 나타나면 싸움을 그치고 힘을 합친다."

살아 숨 쉬는 바다

유태인은 이 세상 어느 민족보다도 불우이웃을 위한 자선을 중요시하는 민족이다.

그럼에도 불구하고 오늘날의 유태인 중 일부는 자선을 하라고 꼭 권해야만 하는 경우가 있을 뿐 아니라, 강요를 받지 않으면 자선에 조금도 애쓰지 않는 사람들도 있다.

이런 경우를 만나면 랍비는 다음과 같은 말을 해준다.

이스라엘의 요단강 근처에는 큰 호수 둘이 있다. 그 하나가 사해(죽은 바다)이고, 다른 하나는 히브리어로 '살아 숨 쉬는 바다'라고 불리는 호수이다.

사해는 다른 곳에서 물이 들어오기는 하지만 빠져나가지는 않는다.

‘살아 숨 쉬는 바다’는 다른 곳에서 물이 들어오기도 하고, 다른 곳으로 빠져나가기도 한다.

자선을 베풀지 않는 사람은 사해다. 돈이 들어오기만 하고 나가지를 않는다. 사해에서는 아무것도 살지 못한다.

자선을 베푸는 사람은 ‘살아 숨 쉬는 바다’다. 돈이 들어오기도 하고 나가기도 한다. 그 바다에는 온갖 생물이 살고 있다. 우리는 ‘살아 숨 쉬는 바다’가 되어야 한다.

다섯 부류의 삶

배 한 척이 외롭게 바다 위를 항해하고 있었다. 그런데 도중에 갑자기 폭풍우가 일어, 높은 파도에 휩쓸려 그만 뱃길을 잃고 말았다.

다음 날, 날이 밝자 바다는 언제 그랬느냐는 듯이 이미 평온을 되찾고 있었다.

길을 잃은 배 앞으로 섬 하나가 보였다. 사람들은 그 섬에 닻을 내리고, 잠시 쉬어 가기로 의견을 모았다.

그 섬은 무척 아름다웠다. 각양각색의 꽃들이 눈부시게 자태를 뽐내고 있었으며, 녹음이 울창한 나무들은 탐스러운 열매를 맺고 있었다. 또한 예쁜 새들도 쉬지 않고 흥겹게 노래했다.

배가 섬에 도착하자, 사람들의 행동은 저마다 달랐다.

어떤 사람들은 섬을 구경하는 동안 순풍이 불어오면 배가 떠나버릴지도 모른다는 걱정과 함께 빨리 고향으로 돌아가고 싶은 마음 때문에, 섬에 오르지 않고 그냥 배에 남아 있었다.

또 어떤 사람들은 재빨리 섬으로 올라가 향기로운 꽃 냄새를 맡기도 하고, 시원한 나무그늘 아래에서 맛있는 열매를 따 먹기도 했다. 그런 다음 생기를 되찾자, 곧장 배로 돌아왔다.

그리고 또 어떤 사람들은 섬 주변 이곳저곳을 구경하며 지나치게 오랜 시간을 지체하다가, 바람이 불어오자 배가 있는 곳으로 허겁지겁 달려왔다. 때문에 그들은 섬에서 소지품까지 잃어버렸고, 배 안에 잡아놓았던 자신들의 좋은 자리를 다른 사람들에게 빼앗기고 말았다.

그런가 하면 선원들이 다시 닻을 올리는 것을 보고서도, 선장이 자신들을 남겨두고 떠나지는 않을 것이라 생각하고 그냥 섬을 돌아다니는 사람들도 있었다. 그러다가 그들은 배가 정말로 그 섬을 출발하자, 그제야 사태의 심각성을 깨닫고 헤엄을 쳐서 가까스로 배에 올랐다. 그들이 너무 서두르는 바람에 바위나 뱃전에 부딪혀 입은 상처는 배가 목적지에 도착할 때까지도 아물지 않았다.

또 다른 사람들은 섬의 아름다운 경치에 빠져 시간가는 줄도 모르고 열심히 열매를 따먹다가, 배가 떠나는 것을 눈치 채지 못했다. 그들은 결국 숲속에 있는 사나운 짐승들의 먹이가 되거나, 독 있는 열매를 먹고 탈이 나거나 해서 결국 모두 죽고 말았다.

이 이야기에서 배는 인생에서의 선행을 상징하고, 섬은 쾌락을 상징하고 있다.

섬에 오르지 않고 배에 남아 있었던 첫째 부류의 사람들은 인생에서 약간의 쾌락조차 금한 경우다.

둘째 부류의 사람들은 잠시 쾌락에 빠지긴 했으나 배를 타고 목적지까지 가야 한다는 사실을 결코 잊지 않은 경우다.

셋째 부류의 사람들은 지나치게 쾌락에 빠지기 전에 돌아왔으나 얼마간 고생을 한 경우다.

넷째 부류의 사람들도 돌아오긴 했지만, 너무 늦었던 탓에 목적지에 도착할 때까지 갖가지 상처로 고통을 받은 경우다.

마지막 다섯째 부류의 사람들은 인생에서의 목적지를 망각한 채 눈앞의 쾌락만 좇다가 마침내 자멸하고 만 경우다.

당신은 이 다섯 부류의 사람들 중 어떤 유형에 속하는가?

혀

이곳저곳을 돌아다니며 '행복하게 사는 비결'을 파는 장사꾼이 있었다. 그가 가는 곳에는 늘 많은 사람들이 몰려들어, 그 비결을 서로 사기 위해서 아우성을 쳤다.

어느 날 그 장사꾼은 어떤 동네의 골목에서 '행복하게 사는 비결'을 판다고 큰 소리로 외쳤다. 그러자 이번에도 많은 사람들이 모여들었다. 그들 중에는 랍비도 몇 사람 끼어 있었다. 사람들이 서로 질세라 그 비결을 사겠다고 나섰다.

"내게 파세요."

"나도 사겠습니다."

그러자 장사꾼이 랍비들을 바라보며 이렇게 말했다.

"진실로 참되고 행복하게 사는 비결은 자기 혀를 조심해서 쓰는 겁니다."

혀2

어떤 유명한 랍비가 제자들을 위해 특별히 음식을 장만하여, 함께 식사하는 자리를 마련했다.

맛깔스럽게 차려진 음식 중에는 소와 양의 혀로 된 요리도 있었다. 그런데 혀 요리 중에는 딱딱한 것도 있고, 부드러운 것도 있었다.

제자들이 부드러운 것에만 손을 대자, 그것을 보고 있던 랍비가 한 마디 했다.

"너희들도 항상 혀를 부드럽게 간직하도록 해라. 혀가 딱딱해지면 다른 사람을 화나게 하거나, 서로 싸움의 불씨를 만들게 되니까."

혀3

어느 날, 랍비가 아랫사람에게 시장에 가서 맛있는 음식을 사오라고 시켰다. 그런데 그가 사온 것들은 모두 혀뿐이었다.

며칠 뒤 랍비는 같은 사람에게 또다시 장에 가는 심부름을 시키며, 이번에는 좀 값이 싼 것을 사오라고 당부했다. 그런데 이번에도 그가 사온 것은 모두 혀뿐이었다.

랍비는 언짢은 기색으로 그 이유를 캐물었다.

"맛있는 것을 사오라고 해도 혀를 사오고, 싼 것을 사오라고 해도 혀를 사온 이유가 도대체 뭐냐?"

그러자 심부름을 했던 아랫사람이 이렇게 대답했다.

"맛있고 좋은 것이라면 물론 좋은 혀가 그에 해당되고, 또 싼 것이라면 맛없고 나쁜 혀가 바로 그에 해당되기 때문입니다."

가장 중요한 부분

암사자의 젖을 먹어야만 낫는, 희귀한 병에 걸린 왕이 있었다. 그러나 암사자의 젖을 구한다는 것은 결코 만만한 일이 아니었다.

왕의 병세가 점점 깊어지자, 그 소문이 모든 사람들에게 퍼졌다.

이때, 어느 총명한 사람이 발을 벗고 나섰다.

그는 용기를 내어 사자가 있는 동굴에 접근했다. 그는 어린 새끼사자를 한 마리씩 어미사자에게 넣어주며 어미사자와 친해지려는 노력을 피나게 했다.

열흘 가량이 지나자, 어미사자는 그를 꺼려하거나 으르렁대지 않았다. 어미사자와 친해진 그는 사자의 젖을 조금씩 짜내어 병에 담았다.

　마침내 왕의 병을 치료할 수 있는 정도의 암사자 젖을 구한 그는 궁전으로 발걸음을 옮겼다.

　그런데 궁전을 향해 가는 길에 그는 백일몽을 꾸었다. 꿈속에서 그의 신체 부위들이 서로 싸움을 해댔다. 신체의 어느 부위가 가장 중요한 역할을 하느냐를 가지고 말다툼을 벌이는 것이었다.

　먼저 눈이 나섰다.

　"눈이 없었다면, 앞을 보지 못하는데 어떻게 그곳까지 갈 수가 있었겠어? 그러니까 이번 일로 훈장을 받을 만한 자격이 있는 것은 바로 이 눈이야, 눈!"

　심장이 눈의 말을 가로막았다.

　"말도 안 되는 소리 하지 마. 담력이 없으면 사자 근처에도 가지 못했을 테니까, 그 공은 내 것이야."

　발도 지지 않고 끼어들었다.

　"발이 없었으면 어떻게 사자가 있는 동굴까지 갈 수 있었겠어? 그러니까 내가 제일 큰 공을 세운 거야."

　이번에는 혀가 나섰다.

　"그래봐야 뭘 해? 말을 할 수 없으면 아무 소용이 없는데. 그러니까 모든 공은 나에게 돌아올 거야."

　그러자 다른 신체 부위들이 모두 들고 일어나 혀의 말문을 막았다.

"조그맣고 뼈도 없는 주제에 어디다 대고 건방지게 굴고 있어? 까불지 말고 가만히 있어!"

이윽고 그가 사자의 젖을 들고 궁전 안으로 들어가자, 혀가 다른 부위들에게 이렇게 말했다.

"사람의 몸속에서 어느 부위가 가장 중요한지 한번 두고 보자고."

그가 무릎을 꿇고 왕에게 암사자의 젖을 내놓자, 왕이 의아한 표정으로 물었다.

"이것이 무슨 젖이냐?"

그가 왕의 질문에 이렇게 대답했다.

"네, 개의 젖입니다."

혀가 엉뚱한 대답을 하자, 조금 전까지 공을 다투던 신체의 각 부위들이 그때서야 혀의 위력을 깨닫고 혀에게 잘못을 빌었다.

그러자 혀가 얼른 다시 말을 바꿨다.

"제가 잘못 말씀드렸습니다. 이것은 진짜 암사자의 젖입니다."

가장 중요한 역할을 하는 것일수록 자제력을 잃으면 자신도 모르는 사이에 더 큰 잘못을 저지르게 된다.

헐뜯지 않는 입

동물들이 한자리에 모였는데, 모두가 뱀의 흉을 보기 시작했다.

"사자는 일단 먹이를 쓰러뜨린 다음 뜯어먹고, 늑대는 먹이를 갈가리 찢어낸 다음 먹는데, 뱀인 너는 뭐가 급하다고 먹이를 그렇게 통째로 삼키니?"

다른 동물들이 흉을 보자, 뱀이 이렇게 대꾸했다.

"나는 그것이 너희들처럼 입으로 잔인하게 물어뜯는 것보다 낫다고 생각해. 입으로 상대방을 상처 입히지는 않으니까."

여우와 포도밭

포도가 주렁주렁 탐스럽게 열린 커다란 포도밭이 있었다.

주변에 살던 여우는 그 포도밭에 들어가 맛있는 포도를 실컷 따먹고 싶었다. 그러나 포도밭 주변에 둘러쳐진 울타리 때문에 안으로 들어가는 것이 쉽지 않았다.

여우는 울타리 틈새로 들어갈 수 있는 방법을 궁리해 보았다. 아무리 꾀를 내도, 자신의 체중을 줄이는 것 말고는 별다른 방법이 없다는 생각이 들었다. 결국 여우는 4일 동안을 꼬박 굶은 끝에, 마침내 울타리 틈새로 포도밭에 들어가는 데 성공했다.

포도밭 안으로 들어간 여우는 단물이 한껏 오른 포도를 실컷 따먹었다. 그런 다음, 다시 밖으로 나오기 위해 울타리 틈새에 몸을 밀어 넣었다. 하지만 실컷 포도를 먹은 덕분에 배가 불룩 나와서 도무지 빠져나갈 수가 없었다.

다시 4일 동안 굶은 뒤에야, 여우는 간신히 밖으로 빠져나왔다.

그때 여우는 이런 생각이 들었다.

'결국 들어갈 때나 나올 때나 바뀐 게 없는 셈이야. 배고프기는 역시 마찬가지야.'

인생도 마찬가지다. 사람은 누구나 빈손으로 왔다가, 역시 빈손으로 돌아가게 마련이다.

불행과 행운

랍비 아키바가 작은 등잔불 하나를 들고 나귀와 개를 벗 삼아 여행하고 있었다.

날이 어둑어둑해지자, 아키바는 밤의 한기를 피할 곳을 찾았다. 마침 가까운 곳에 있는 헛간 하나가 눈에 들어왔다. 그는 그 헛간에서 하루를 지내기로 작정했지만, 잠을 청하기에는 아직 시간이 일렀다.

그래서 그는 등잔불을 켜놓고 책을 읽기 시작했다. 그런데 바람이 세게 불어 등잔불이 꺼지고 말았다. 그는 할 수 없이 잠을 청할 수밖에 없었다.

그런데 그날 밤 그가 잠든 사이에 개는 여우에게 물려죽었고, 나귀는 사자에게 잡혀 먹혔다.

다음 날 아침, 그는 등잔불 하나만을 달랑 들고 외롭게 다시 길을 떠났다.

마을에 도착했다. 그런데 그곳에는 사람이라고는 그림자도 보이지 않았다. 나중에야 안 사실이지만, 전날 밤에 도적 떼들이 몰려들어 마을의 모든 것을 짓밟고, 마을의 모든 사람들을 죽인 것이다.

만약 전날 밤에 등잔불이 바람에 꺼지지 않았다면, 아키바도 도적 떼에게 들켜 죽임을 면치 못했을 것이다.

그리고 만약 개가 살아 있었다면, 개가 짖어대는 소리에 그들이 몰려왔을 것이다.

또 나귀가 살아 있었다면, 역시 나귀가 길길이 날뛰어서 자신의 목숨도 안전하게 보전하지 못했을 것이다.

결국 그가 살아남게 된 것은 불행이라 여겼던 그 세 가지 일들 때문이었다.

이 일을 겪고 난 뒤, 아키바는 다음과 같은 진리를 깨달았다.

'최악의 상황에서라도 인간은 희망을 잃어서는 안 된다. 불행이라 생각했던 일이 행운을 불러오는 경우는 얼마든지 있다.'

빼앗기지 않는 재산

근사한 배를 타고 여행 중인 부자들이 각자 자신들의 재산을 자랑하느라 여념이 없었다.

그들 중 한 사람이 마침 옆에 있던 랍비에게 재산이 얼마나 되느냐고 물었다. 그러자 랍비가 대답했다.

"나는 나 자신도 여러분 못지않은 부자라고 생각합니다. 그러나 지금 당장 내 재산을 보여드릴 수는 없군요."

그의 말에 모든 사람들이 콧방귀를 뀌었다.

얼마 후, 갑자기 해적이 출몰하여 배를 습격했다. 배안에 있던 부자들은 지니고 있던 금은보석과 소지품을 모두 해적에게 털리고 말았다.

해적의 습격을 받은 배가 드디어 목적지에 도착했다.

랍비는 도착한 곳의 사람들에게 그 높은 학식을 인정받아,

학생들을 모아놓고 강의를 하며 어려움 없이 지냈다. 그러나 함께 배에 타고 있던 부자들은 가지고 있던 재산을 모두 잃는 바람에, 가난뱅이로 비참하게 생활했다.

어느 날, 랍비는 같이 배에 탔던 부자들을 만날 기회가 있었다. 이때 그들은 랍비를 보자마자 이구동성으로 이렇게 말했다.

"당신의 말이 옳았습니다. 당신이 가진 지식이야말로 남에게 빼앗길 일이 없는 가장 안전하고 확실한 재산이군요."

목구멍에 뼈가 걸린 사자

사자의 목구멍에 날카로운 뼈가 걸렸다. 사자는 자기 목구멍에서 뼈를 빼주는 자에게는 아주 좋은 상을 주겠다고 동물들에게 얘기했다.

그러자 학이 기꺼이 나섰다.

학은 사자의 입을 크게 벌리도록 한 다음, 자신의 긴 부리를 입속에 쑥 집어넣어 걸려 있던 뼈를 빼내었다.

그리고는 학이 사자에게 상을 달라고 하자, 사자가 퉁명스럽게 말했다.

"내 입 속에 머리를 집어넣었다가 살아서 도망간 놈은 아직까지 없었다. 그런데 너는 내 입 속에 머리를 집어넣고서도 아직까지 살아 있으니, 그걸 바로 상이라고 생각하거라. 평생의 자랑거리로 남을 테니까 말이야."

옳은 것의 차이

알렉산더 대왕이 이스라엘에 왔을 때 어떤 유태인이 대왕에게 물었다.

"대왕께서는 우리가 가진 금과 은이 갖고 싶지 않으신지요?"

그러자 알렉산더 대왕이 이렇게 대답했다.

"나는 금과 같은 보화는 많이 가지고 있기 때문에 그런 건 조금도 탐나지 않소. 다만 유태인인 당신들의 전통과 당신들의 정의가 어떤 것인지 알고 싶을 뿐이오."

알렉산더 대왕이 그곳에 머물고 있는 동안, 두 명의 사나이가 어떤 일을 상담하기 위하여 랍비를 찾아갔다.

내용인즉, 한 사람이 다른 사람으로부터 넝마더미를 샀는데, 그 넝마 속에서 많은 금화가 발견되었다는 것이었다.

넝마를 산 사람이 넝마를 판 사람에게 이렇게 말했다.

"나는 넝마를 산 것이지 금화까지 산 것은 아니요. 그러니 이 금화는 마땅히 당신 것이오."

그러자 넝마를 판 사람은 그것을 산 사람에게 이렇게 대답했다.

"나는 당신에게 넝마더미 전부를 판 것이니, 그 속에 들어 있는 것도 모두 당신 것이오."

두 사람의 말을 들은 랍비는 한참을 생각하고 나서 이렇게 판정을 내렸다.

"당신들에게는 각기 딸과 아들이 있으니, 그 두 사람을 서로 결혼시키십시오. 그런 다음 그 금화를 그들에게 물려주는 것이 옳은 사리일 것이오."

그리고는 알렉산더 대왕에게 물어보았다.

"대왕님, 당신의 나라에서는 이런 경우 어떤 판결을 내리십니까?"

알렉산더 대왕은 이 질문에 아주 명쾌하게 대답했다.

"우리나라에서는 두 사람 모두를 죽이고, 금화는 내가 갖소. 이것이 내가 알고 있는 정의요."

자기가 당하고 싶지 않은 일

한 남자가 위대하다고 소문난 랍비 힐렐을 찾아와서 말했다.

"내가 한쪽 다리로 서 있는 동안에 유태의 학문을 모두 가르쳐 보시오."

그러자 힐렐이 이렇게 대답했다.

"자기가 당하고 싶지 않은 일을 남에게 행하지 말라."

인내심

위대한 랍비 힐렐을 화나게 할 수 있는지 없는지를 가지고 사람들이 내기를 걸었다. 그래서 힐렐이 목욕탕에 들어가 목욕을 하고 있을 때, 한 남자가 문을 두드렸다.

힐렐은 젖은 몸을 대충 닦고 옷을 걸친 다음 문을 열고 나왔다.

그러자 그 남자는 "인간의 머리는 왜 둥글까요?"하는 따위의 의미 없는 질문을 잇달아 퍼부어댔다.

힐렐이 대답을 마친 후 안으로 들어가 다시 목욕을 하고 있는데, 그 남자가 또다시 문을 두드렸다.

힐렐이 다시 문을 열고 나오자, 그 남자는 "흑인은 왜 검을까요?"하는 따위의 어리석은 질문을 계속 되풀이했다.

힐렐은 질문에 성의껏 설명한 뒤 다시 목욕탕으로 들어갔는데, 얼마 지나지 않아 문 두드리는 소리가 또다시 났다.

이런 일이 무려 다섯 번이나 반복되었다. 그러나 힐렐은 결코 화를 내지 않았고, 따라서 그 남자는 뜻을 이룰 수 없었다.

마침내 그 남자는 체념한 듯 힐렐에게 말했다.

"당신 같은 인간은 이 세상에 없었으면 좋겠소. 나는 당신 때문에 내기에서 큰 손해를 보게 되었소."

힐렐은 그 남자를 잠시 쳐다보다가 입을 열었다.

"내가 인내심을 잃는 것보다, 당신이 돈을 잃는 쪽이 낫소."

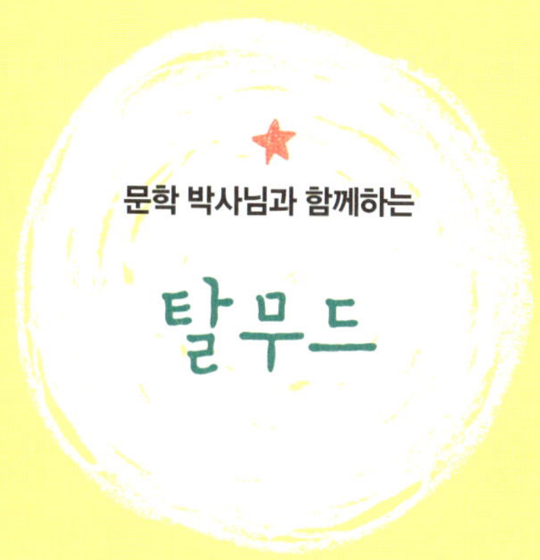

🤓 김욱동 박사님

한국외국어대학교 영문과와 같은 과 대학원을 졸업하고 미국 미시시피대학교에서 영문학 석사 학위를, 뉴욕주립대학교에서 영문학 박사 학위를 받았어요. 미국 하버드대학교와 듀크대학교, 노스캐롤라이나대학교의 교환교수와 서강대학교 영문학과 교수를 거쳐 지금은 한국외국어대학교 교수님이세요.

쓴 책으로는 《지구촌 시대의 문학》, 《문학을 위한 변명》, 《문학이란 무엇인가》 들이 있고, 옮긴 책으로는 《앵무새 죽이기》, 《위대한 개츠비》, 《호밀밭의 파수꾼》, 《허클베리 핀의 모험》 들이 있답니다.

문학 박사님과 함께
《탈무드》읽기

유태인 학자들이 모여 지혜와 지식을 모두 담은 책

민족마다 흔히 '지혜의 보고'라고 할 책이 한두 권씩 있기 마련이다. 역사적으로 우리나라는 불교의 영향을 많이 받아서 고려 시대에는 《대장경(大藏經)》이 바로 그러한 구실을 하였다. 《대장경》은 우리 민족의 자랑스러운 문화 유산이요 영원히 살아 있는 정신 문화이며 기록 문화의 보고이다. 《대장경》에는 불교 이야기뿐만 아니라 우리나라 사람들이 살아가는 데 필요한 온갖 지혜가 들어 있다.

유대 인들에게 이러한 '지혜의 보고'는 다름 아닌 《탈무드》라는 책이다. 이 책은 유대 인 율법학자들이 사회의 모든 현상에 대하여 입으로 전해 온 지혜를 정리하여 풀어 쓴 것이다. 유대 인들은 그동안 나라도 없이 세계 곳곳에 흩어져 온갖 설움을 겪으며 살아 왔다. 예수

그리스도를 죽게 만든 장본인으로서 온갖 박해를 받았다. 그러나 어려울 때마다 그들에게 힘과 용기를 불어넣어 준 것이 바로《탈무드》였다. 다시 말해서 나라 잃은 유대 민족에게 이 책은 정신적 버팀목이 되어 왔던 것이다.

《탈무드》에는 유대교의 울타리를 뛰어넘어 삶이란 무엇이고, 인간의 위대함은 어디에서 오며, 행복이란 과연 무엇인가 같은 유대 인들의 지식과 슬기가 고스란히 담겨 있다.

배경 고려시대 만든《대장경》이 모두 8만 장이나 되듯이《탈무드》도 그 분량이 무척 많다. 권수로 20권이고, 1만 2천여 쪽이나 된다. 미국의 유명한 대학 교수가 유대교 성직자에게 전화를 걸어《탈무드》를 빌려 달라고 부탁한 적이 있다. 그랬더니 성직자는 기꺼이 빌려줄 테니 트럭을 갖고 오라고 말했다는 이야기가 있다. 그만큼《탈무드》는 어마어마한 양의 책이며 그 무게도 엄청나다.

오랫동안 입에서 입으로 구전되어 전해 내려온《탈무드》는 그 역사가 꽤나 오래 되었다. 기원전 500년부터 시작되어 기원후 500년에 걸쳐 천년 동안 입으로 전해 온 이야기를 2천 명에 이르는 학자들이 10여 년에 걸쳐 수집하여 책을 펴낸 것이다.

유대 인은 흔히《탈무드》를 '바다'에 빗댄다. 바다가 끝이 없고 광활하며 그 밑에 무궁무진한 자원을 간직하고 있는 것처럼 이 책에도 온갖 지혜와 지식의 보화가 담겨 있기 때문이다. 이 책은 외워서 전해 지거나 손으로 베껴 써서 전해 오다가 마침내 1520년에 이탈리아의 베네치아에서 최초로 인쇄되었다.

《탈무드》는 학자들이 만든 책이다. 그 내용도 한 분야에 치우치지 않고 문화, 종교, 도덕, 전통 등을 모두 아우르고 있어 백과사전적이라고 할 만하다. 예를 들어 《탈무드》는 법전은 아니지만 법률에 관한 내용이 들어 있고, 역사책은 아니지만 역사의 내용도 들어 있다. 그런가 하면 인명사전은 아니지만 많은 인물이 망라되어 있기도 하다.

기원 본디 '탈무드'란 말은 '위대한 연구', '위대한 학문', '위대한 고전 연구'라는 뜻이다. 원본 《탈무드》는 어느 권을 펼쳐도 첫 페이지는 여백으로 되어 있고, 늘 두 번째 페이지에서 시작한다. 그 여백은 책을 펼친 사람의 경험을 쓰라고 남겨둔 것이다.

《탈무드》는 문답 형식으로 이루어져 있다. 제자가 스승에서 묻고 스승이 제자에게 답하는 형식이다. 여기서 스승이란 '랍비들'을 말한다. 랍비란 유대교의 율법 교사를 말하지만 때로는 재판관이기도 하고, 또 때로는 어버이가 되기도 하는 아주 존중받는 스승이다. 또한 내용의 범위도 드넓어서 모든 주제가 히브리 어나 아랍 어로 기록되었다. 그리고 이것을 문자로 옮길 때도 문장에 필요한 부호나 구두점 같은 것을 전혀 사용하지 않았고, 머리말이나 맺는말도 없는 그야말로 자유분방한 체제로 이루어졌다.

《탈무드》에는 크게 두 가지 종류가 있다. 팔레스타인에서 나온 것과 메소포타미아에서 나온 것이 바로 그것이다. 전자는 4세기 말경에 편찬된 반면, 후자는 6세기경에 편찬되었다. 전자는 흔히 ‘팔레스타인 탈무드’ 또는 ‘예루살렘 탈무드’라고 부르고, 후자는 흔히 ‘바빌로니아 탈무드’라고 부른다. 그런데 ‘팔레스타인 탈무드’보다는 ‘바빌로니아 탈무드’가 권위를 더 인정받고 있다. 오늘날 흔히 말하는 《탈무드》는 다름 아닌 이 ‘바빌로니아 탈무드’를 일컫는다.

《탈무드》는 구약성서에 뿌리를 두고 있다. 구약성서를 바탕으로 그 지혜를 더한 것이라 할 수 있다. 그래서 기독교인들은 예수가 이 땅에 온 후에 만들어진 유대 인들의 문화는 일부러 무시했으며, 심지어는 《탈무드》의 존재조차도 인정하려고 하지 않았다. 《탈무드》는 ‘바다’처럼 넓고 깊은 내용을 다루고 있는 책이다. 그러나 이 책을 읽기도 전에 겁을 먹거나 두려워할 필요는 없다. 《탈무드》에 나오는 이야기 한 토막을 살펴보면 이 책이 읽기 어렵지 않다는 사실을 알 수 있다. 두 남자가 오랫동안 여행한 탓으로 몹시 배가 고팠다. 그런데 그들이 어느 방에 들어갔을 때 천장에는 과일 바구니 하나가 매달려 있다. 이것을 본 한 남자가 “저 과일을 먹고는 싶은데, 너무 높이 매달려 있어서 먹을 수가 없군.”이라고 말했다. 그러자 다른 남자가 이렇게 대답했다. “난 저것을 꼭 먹고야 말겠네. 아무리 높이 매달려 있다 해도

틀림없이 누군가가 저기에다 걸어 놓은 것이 아닌가. 그렇다면 나라
고 해서 저기를 올라가지 못할 이유가 없지 않은가?” 그러고 나서 그
남자는 어디에선가 사다리를 구해 와 그것을 밟고 올라가 그 과일을
꺼내 먹었다.